人在爱途

我有故事，你有酒吗

申凯 著

江西人民出版社
Jiangxi People's Publishing House
全国百佳出版社

图书在版编目（CIP）数据

人在爱途：我有故事，你有酒吗/申凯著.－－南

昌：江西人民出版社，2017.10

ISBN 978-7-210-09621-4

Ⅰ.①人… Ⅱ.①申… Ⅲ.①长篇小说－中国－当代

Ⅳ.①I247.5

中国版本图书馆CIP数据核字（2017）第186986号

人在爱途：我有故事，你有酒吗

申凯 / 著

责任编辑 / 冯雪松

出版发行 / 江西人民出版社

印刷 / 北京天恒嘉业印刷有限公司

版次 / 2017年10月第1版

2017年10月第1次印刷

880毫米×1280毫米　1/32　9.625印张

字数 / 205千字

ISBN 978-7-210-09621-4

定价 / 36.80元

赣版权登字－01-2017-581

序·缘起

几年前，看过一则孙红雷为一款名酒拍的广告，很喜欢里面的一句广告语："我们都是有故事的人。"

我敬佩有信仰、坚韧的男人。我喜欢有故事、有经历的男人。和他们接触得多了，我常这样想：人生就像一棵树，在生命的过程里，总是会生长出一些枝枝蔓蔓。于是人们就开始努力去修剪，想把自己这棵树修剪得理想、完美。当你真的把那些枝枝蔓蔓砍掉、折断后，你会发现自己如同公园里那些整整齐齐的树木花草，虽然好看却没有韵味，远没有那些随意生长在原始森林中的草木更让人向往。

人如草木，被修剪得整整齐齐的人生也会缺了些自然和美丽，多了分呆板和刻薄。理想中的完美反倒因此平添了缺憾而变得不真实起来。所以我说，这个世界本没有完美，刻意追求的完美都是不真实的虚幻。人生最大的不完美，是失去，最可怕的也是失去。因这失去，人生就会变得真实起来吗？我不大确定。

　　我和他们都是这个故事里的人，在这故事里沉浸、迷失，有时拥有，有时错肩而过。作为读者的你，也有自己的故事吧！

　　好吧，人生比戏更精彩，我们都是有故事的人。

目录 ·Contents

壹

出发

时间：2010年10月
地点：新疆

/一个电话/

时间2010年10月。那一天，中午。

我正在西安市高新区科技路一家不大的餐厅，身边坐着的是西安当地的两位朋友。每次到西安，这家餐馆，我必定会光顾。

以我的味蕾评判，这家的肉夹馍是我吃过的最好的。馍外皮烤得酥脆焦香，腊汁肉肉香醇厚，汤汁味重醇香。两碟小菜，六个肉夹馍，每人一碗煮面汤，简单却满足。我喜欢这样的生活。

那时，刚从西藏下来，一身疲惫，但肩上，还有西藏阳光的余辉与留恋。西安两位朋友把玩着我带给他们的礼物，我听着他们讲西安，讲街景世俗，讲人情冷暖。耳边，餐馆服务员用纯正的西安话，与客人交流着。很奇怪，每次到西安，我的耳边都会回响起一部电视剧——《武林外传》。佟湘玉的陕西话，温软圆润如江南的绵绵细雨，让人心酥。但在西安，我几乎就没听到过一个当地女人能讲出那般的意境。西安女子，大气，嗓门也大，声音高亢嘹亮，听她们说话，我只能想起那首《黄土高坡》。

走神了。电话响起。老曾。这哥们，我喜欢，和我投脾气。老曾，1971年生人，这哥们性格风风火火。有多疯？我第一次跟他一起自驾，从内蒙古的阿尔山，穿越呼伦贝尔草原，到额尔古纳。辽阔的大草原，蓝天白云，风清草绿。这哥们一下子就来了情绪，一脚油门下去，那吉普车就贴着地皮蹿了出去，惊起一片飞鸟。飞鸟打在车前窗上，血花四溅。到目的地后一看，车前风档栏里挂着十几只鸟的尸体。

我觉得这家伙，一句话：如果地心吸引力降低一百倍，他能开着车把空中的直升机给撞下来。他是真能，也真敢。我是亲眼看过他在城市里，把车开得飞起，坐他副驾一女孩都被吓哭了。

我和老曾的相识，是一段被人误解、啼笑皆非的故事。2008年北京奥运会结束不久，我带车队进藏，老曾也在车队里，我把他给编在尾车，为此他一直对我耿耿于怀。车到八一，这家伙病了，感冒，发烧。他怨我，说是因为我把他编在车队收尾，才导致他郁闷得发病。

按原计划，车队第二天就要翻越海拔五千多米高的米拉山口，感冒发烧容易导致肺水肿，而这是会要命的病。那天晚上，我和老曾住同一间房。半夜，这家伙开始发烧。我用白酒给他搓前心后背，物理降温。后来我烧了热水给他烫脚，又喂他喝了点热水。那时是半夜两点多，一番折腾后，我也没了睡意，索性穿起衣服，把我的被子也压在他的身上。这家伙看我不睡了又要了我的枕头——他嫌一个枕头低。于是，他睡着了，鼾声如雷。我穿着羽绒服，上网。早上六点天刚亮。有人敲门，我开门。进来五六个车友，又是送药，又是问候。刚进到房间里面，就全都给愣住了。

有两个女人还回头看我，眼神充满了鄙夷。也有男的回头看我，笑得前仰后合。我也讪笑，但不解释，也没法解释。双标间客房，两张床。一张床上空空如也，另一张床上，两床被子，两个枕头。最要命的是，头天晚上，我的脸不小心被树枝划破，留下一条两寸多长的血痕。

老曾被叫醒，众人饶有兴致地审他。这家伙坏，带着东北爷们那种明目张胆的坏。他指着我的脸上血痕，说："下回别反抗，没用。"

别说，经过这番折腾，这家伙居然痊愈了。他也就是仗着身体好，第二天还顺利翻越了海拔高达五千多米的米拉山口。

直到今天，那件事还是悬而未决的疑案。当时一起的三十多个车友，一致认为我俩有问题。我也从不解释。我稀罕女人我知道。足够了。但我和老曾成了最铁的好哥们。

老曾打电话从不多废话。

"你在哪儿？"

"西安。"

我跟他说话也从不废话。

"你明天出发到乌鲁木齐，我们这有个车队，你来带，走南疆。"

"好。"

放下电话。

一切都等见面再细聊，电话里没必要磨叽。

飞机终于降落，机场叫乌鲁木齐地窝堡国际机场。瞧这名头，显赫、威猛又接地气。

停车场，找到老曾的车。打开车门，老曾正在接电话，只是冲我点一下头，眉头紧锁。看来这一趟玩得不够开心。

我一直纳闷，看影视剧那些兄弟重逢场面，要么双手紧握，要么深情相拥。难道那些编剧、导演平常真的就这么夸张？

北方男人重逢时，一个微笑或一个手势就是千言万语。

老曾比我上次见到他时，明显又发福一圈，尤其突出的是那肚子。

老曾的发迹史很有戏剧性。他在2002年从事业单位下海，折腾一年多，没见到效益。2003年"非典"爆发，街道上都罕有人迹，这哥们就坐在家里每天打电话推销自己的项目。

人，闲在家里百无聊赖时，哪怕接到陌生人打来的无聊电话都愿意多聊几句。非典一结束，他的订单如雪片。短短五年，到现在这哥们已经在八个城市开了十几家分公司。

上车，一辆新款的大切诺基，整车进口的。等了大概五分钟，他的电话终于打完。

"怎么样，这趟西藏？"

"老样子。"

这就算打过招呼。男人之间真没那么多废话。

车上路，言归正传。这个车队有四辆车，都是一起新买的大切诺基。老曾因为老父后天做手术，所以临时取消了行程，准备明天赶回家中伺候老父，这才调我来领队。

以前的老曾几乎一个月染一次头发。每次见到他，头发都是又黑又亮的。这次他没染发，黑白掺杂，白的多黑的少，多了几分沧桑和成熟。

老曾摸着头发，苦笑，解释说他老婆严令不许再染发，美名其曰为了健康，实则是怕他招惹手下的小姑娘。这次出来，老曾的老婆把她妹妹派来，说是为了照顾老曾，其实就是贴身监控。

男人活到这个份上，累。

老曾突然来了兴致，说："我那小姨子，快四十了！大姑娘，未嫁。年轻时心高气傲，挑嘴。现在倒是淡定了，人其实很好，我觉得适合你。"

打住。

我制止他："哥们我是狼的性格，我看准的肉，扑上去就吞。我没看中的肉，你打死我，我都不吃。"

老曾这次带的车队都是他的客户。老曾说："费用上的钱都在我小姨子那里，你随意支配，只要带他们玩好，我就把小姨子答谢给你。"

　　我"哼"一声："你这小姨子是不是黏在你手里甩不出去了，所以才急着推销给我？"

　　老曾嬉皮笑脸："我跟你保证，我这小姨子是黄花大姑娘。"

　　"滚。"

　　两人哈哈大笑。

　　"你老父啥病？"

　　"脑瘤。"

　　老曾的神情黯淡了些。破事儿真是一堆，这不，他前妻刚来电话，女儿中耳炎，耳朵流脓，打了好几天的吊瓶都没见好。

　　我跟他说："秋天，小儿易上火。耳朵那块儿的神经末梢，你得打多少针药力才能到达那个地方呀？让你前妻别给孩子打抗生素了，孩子容易伤肾，我给你个偏方。我儿子小时候也是中耳炎，一老中医给我的偏方。鸡蛋一枚，煮熟，去掉蛋清。把熟蛋黄放在饭勺里，架在火上，小火烧饭勺，再用筷子把蛋黄捣碎，不停地翻搅，直到蛋黄慢慢变黑，变焦。再接着翻搅，要有耐心，最后等蛋黄彻底变焦黑，就会渗出鸡蛋油。一个蛋黄，能熬出一小汤勺的鸡蛋油。然后你再用双氧水清理耳道，用棉球将蛋黄油滴进耳朵里。每天三到五次，最多五天，保证痊愈且永不复发。蛋黄油对幼儿是个宝，积食或小儿食欲不振、有胃火，每天早晚两小汤勺，就是去小儿胃火最佳的偏方。"

老曾赶紧给前妻打电话，反复叮嘱。放下电话，老曾拍着我，笑，东北爷们那种豪爽中带着坏坏的笑："我真是稀罕死你了，每次见到你，你都能给我惊喜。"

我恨："我真是烦死你了，每次见到你，你都会给我找麻烦。"

"停车！"

我大喊一声，老曾吓了一跳。车靠边，还没停稳，我就跳下来。

我看到路边的新疆烤包子了！新疆的烤包子，肉馅是用羊肉，切丁，再拌上皮牙子。皮牙子就是洋葱。羊肉丁拌上洋葱，包成包子，然后贴在囊坑的炉壁上烤熟。咬上一口，面皮烤得焦香酥脆，里面的羊肉鲜嫩，洋葱浓香，羊油掺汁水顺着包子流到手心上，再流到胳膊上。

老曾看我吃得狼狈，有些气恼："瞧你那没追求的样儿！一会儿进市里，我请你吃烤羊肉、手抓饭！"

懒得理他。你个井底之蛙，安知烤包子的味道。

终于忍不住，老曾从我手里抢过一个烤包子。咬上一口，惨叫一声。

对不起哥们，忘了提醒你，烤包子吃着要小心，馅里汤汁很足，也很烫。

老曾顾不上烫得狼狈，三口两口吞下一个烤包子，旋即跳下车。过了十几分钟，这哥们拎了满满四大袋的烤包子回来。这回轮到我傻眼了。

"怎么，一会儿进市区，改吃这个了？烤羊肉、手抓饭被替代了？"

老曾笑："美得你，这是我带回去的，一袋给岳父全家的，一袋给我父母的，一袋给老婆的，最大那袋拿到公司给员工尝尝。"

我喜欢这样的糙哥，心中细腻，惦记亲人。

车进市内，又看到了熟悉的维吾尔族文字，又闻到了似曾熟悉的味道。心沉静下来。

这就是旅行能带给人的欣慰。有美景，有友情，有滋味，有熟悉，有陌生，还有的是，意想不到。不管是好的、坏的，但凡有出人意料的事发生，总是能刺激人业已麻木的神经。

旅行，我喜欢。

我喜欢旅行，喜欢漂泊。

我喜欢睡帐篷时，听着外面的风声，感受着风中做的那个梦。

梦里，云和风能相遇，梦和影也能重叠。

醒来后，你曾经日夜思念的那个人，可能就会在某个不经意的时刻，出现在你前面不远处的路口，不是转角。

/初相见，那个女人、老赖大哥/

———————————————————————————

老曾他们落脚的酒店，距离五一星光夜市只有一条街的距离。这是一家三星的酒店，我们到的时候，门前已经赫然并排停着三辆黑色大切诺基。

车停住，十几个人已经站在门外等候。已经到了吃午饭的点了，但估计他们也都是饿着肚子在等我。

抱歉了。

不用下车，远远地，我就能认出哪个是老曾的小姨子。待字闺中的姑娘，一般都具有一个共性——孤傲。一群人围在一起有说有笑的，只有一个女人站在人群之外。也不远，离着人群只有两三步，低着头，看着自己的鞋尖。就这两三步距离，无形中就把自己给"孤傲"起来了。

可能当事人自己不觉得，但在我眼里，一眼就能看出她的孤傲。我心里嘀咕，这是个麻烦的女人。

下车，老曾一一给作了介绍，我挨个寒暄。介绍到老曾的小姨子，我打量她：中等身材，算不得苗条，但匀称。有着姣好的脸庞，保养很好的皮肤，以及，不是很让人舒服的那种高傲气质。

她也看着我，但仅仅是下颌微微一收，算是点头示意。然后嘴角稍稍上翘，嘴唇都懒得咧开一点，这也算是微笑了。

我指着她，对老曾说："真漂亮。"

女人的脸上瞬间闪现出厌恶的愠色。这种高傲的女人不缺男人夸。被吹捧着长大的女人，对于当面赤裸裸的夸赞，基本都会有这样的表情。虽然心中也受用，但必须表现出不屑。这是范儿。

老曾的脸色也有点尴尬。作为哥们，他太了解我的性格，也深知我是属于狗嘴里吐不出什么好牙的主。

我不理，继续说："你小姨子穿这身"哥弟"的半职业装，真是漂亮。前几天我送人一套，结果那女士，生生把一套"哥弟"的半职业装给穿出了冲锋衣的感觉。"

老曾脸都绿了，不敢看他小姨子，拉着我就往车上走，嘴里嚷着："吃饭去了！"

我甩开他的手："吃饭地方就在附近，用不着开车。看你现在懒的，是不是上厕所都想开着车去？"

老曾瞪我，生怕我再惹他小姨子。

她是你家的祖宗，又不是我的。后面二十几天，我要跟她朝夕相处，我不先把她的气焰压下去，这一路还不得给她欺负死？

我回头，对他小姨子说："什么场合穿什么衣服。旅行路上，休闲最适合。你现在的打扮，就好像穿着冲锋衣在手术室里。"

老曾的小姨子是个医生，做医生做成老姑娘，待嫁，这样的女人，性格都很……不知道咋形容。

从酒店大门里出来一人，老曾大声地喊了一声"大哥"。

那人应声走过来，老曾给我介绍："这是赖哥，我的车就交给你们俩了。"

我顺着老曾的手指方向望过去，第一感觉，此人背景不一般。

这人看起来年龄不详，但起码五十岁以上，戴着一顶美式军帽。脸上的皱纹异常清晰，很深，就像是用刀刻上去的一样。沧桑感明显地写在脸上，但看身材，是标准的小伙子才能有的线条。穿着一条灰色的冲锋裤，上身一件半袖黑色紧身T恤。胳膊上，肌肉线条清晰，几乎没有多余的赘肉。再看身上，胸肌发达，腹肌隐现。他的眼神，突然看向你时，犀利，但过一会儿，你又会感觉到一丝柔和。脸是铁灰色的，嘴唇却异常红润。这脸色，不正常，这是很不正常的病色。

他走到近前，冲我点点头："老曾每天都提起你，说你在西藏。现在终于见到你了，有缘。"

说话的声音沙哑，一听就是那种吸烟过量导致的烟嗓子。他从口袋里摸出烟，两盒。一盒精装三五，一盒国产中华。伸手递给我，两盒同时，你任选。我摆手示意我不吸烟。然后他就转身走到那群人中间，挨个发烟。再走回来的时候，两盒烟都已揣进口袋里。

我见他又摸出一支烟，但他连烟盒都没掏出来。这支烟，带着神秘。裸烟。那支烟上，一个字都没有。他点燃，深吸一口，吐出烟雾。奇异的味道，但绝不是烟的味道。有点香，有点熟悉，但我说不清那个味道。莫非？我开始琢磨，心里也有点惴惴不安。

老曾，果然每次见到你，都会带给我点麻烦。

为了缓和气氛，我笑着问老赖："大哥，你这夏天出的汗，是不是都顺着皱纹流到后脖颈上去了？"

老赖摸摸自己脸上深深的皱纹，用那沙沙的嗓子笑着说："那还不算啥，我爸过世，我在殡仪馆哭，哭得死去活来，别人还说我不孝，说我哭得太假。光打雷，不下雨，看不到一滴眼泪。他们哪里知道，我的眼泪都顺着皱纹流到后背去了，弄得我后衣领都湿了，脸上却看不到一滴泪。"

笑，这是个开朗的男人。敢自嘲的男人，心胸宽广，肚量大。我稍稍安心：这老大哥好相处。

/恍然这里是新疆/

关于午餐，我得征求大家意见。要是喝酒呢，咱就去找家川菜馆，因为清真餐厅禁酒。商议的结果是中午吃手抓饭，晚上再喝酒。

五一路，这是家在网上很有名的餐厅。要是在乌鲁木齐，这也不算是最正宗最好的清真餐厅，但是这里的餐食很适合首次来新疆的人。这里的羊肉抓饭不是很膻，一份不够还可以再添，而且是免费的。烤羊排、酸奶都很地道，边吃饭还有歌舞可看，虽然是那种很简单的歌舞表演，但是对于初来乍到的这群车友，足够了。

大包房里点好餐后，我公布这次的路线。

库车—阿克苏—阿图什—喀什—和田—民丰—穿越塔克拉玛干沙漠—库尔勒—返回乌鲁木齐。

明天早上出发，到大天池，晚上到吐鲁番。

没有人对行程提出异议，只是有人要求一定要看到胡杨林。这个没问题，一定会如你所愿。

注意事项有以下几条：

1.新疆重量单位为公斤。购物的时候，尤其买水果时请注意，你说要称一斤，新疆商贩理解的其实是一公斤。大家要多注意，别因为疏忽与人发生口角。

2.新疆的餐厅以清真为主，禁酒，禁止自带任何食品。

3.路上要注意压住车速，保持团队精神，要相互协作。

4.每车配上垃圾袋，沿途不许开窗乱扔垃圾。

5.一会儿饭后买塑料瓶装的大可乐四瓶。喝掉，留空瓶。从瓶口处开始，沿45度向下，斜着剪下一长坡口，做成后的形状可参考医院里住院使用的接尿壶。新疆地域辽阔，公路漫长，沿途休息站不多，公厕难寻。而新疆水果久负盛名，吃后难免有小急。用这个接尿瓶，往里套上方便袋，然后男士下车，女士就能在车内解决。方便后，记得请泼洒在路旁荒漠上，他日此处若能生长出一棵胡杨树，也算是你的善举。

笑，哄堂的笑。我和车友的距离，就这么一下子拉近了。

老曾却皱着眉头，小声问我："我小姨子呢？"

我环顾四周，发现她还真不在。

老曾说："我小姨子不吃荤的，任何肉都不吃，刚把这茬给忘了，我去找。"

我拉住他："你安心吃饭，我要是没猜错，你小姨子去户外店了。"

老曾瞪眼："打赌。"

我说："行，就赌你那辆车。"

吃过饭，刚走出餐厅就见老曾的小姨子站在大门口，摆弄着手机。看我们出来，瞟了我一眼。对他姐夫说话，语调也是冷冰冰的："我还没吃饭。"

老曾赶紧一推我："猴哥刚才就说要带你找素食小吃去，他对新疆门儿清。"

我回头瞪他，老曾不怀好意地笑。扭过头来我再打量他小姨子，明黄色冲锋衣配军绿色冲锋裤，踩一双户外徒步鞋。很搭。顺眼多了。

回身冲着老曾，我伸出手："把你的车钥匙、发票、行驶证都交给我。"

老曾装傻，嘿嘿地笑，挠着半黑半白的头发。

带着这小姨子去找吃的，真是件苦差事。一路上我俩无话。我双手插兜走在前面，不时左顾右盼。她摆弄着手机跟在后面，也是低头不语，看着跟被拐卖过来似的。

正走着，听到有人喊我。

"喂！"

我一回头，她正低头系鞋带。这还没走到百米，她的鞋带就要重系。

我走过去，对她说："户外鞋的圆鞋带有特殊的系法，来。"

我蹲下，单腿跪地，指着我的膝盖示意她把脚蹬上来。她有点慌乱，左看右看，磨磨蹭蹭地蹭上来。

鞋带系好，我站起来，继续走。这一回，她不摆弄手机了，走过来和我并排走，一边走一边对我说："简单吃点就行，我不挑食，素的就行。"

这也叫不挑食？

前面有一家煎饺店，很小的店，挺干净，我以前在这里吃过，味道还不错。看着菜牌，她心花怒放，说："三两素三鲜煎饺，一碗黑米粥。"

伸出的三根手指，纤细，修长，弯成好看的弧度，指甲修剪得很漂亮。这是一双可以做手模的手。

煎饺端上来，我坐在对面看着她吃。她吃一口，抬头瞪我一眼。你瞪我，我盯得更专注。她实在忍无可忍，抓起一份报纸立在眼前，挡住自己的脸。

我笑。好玩。

下午，去了一趟乌鲁木齐的旅行社，找到朋友预定好沿途的酒店，又从旅行社开出一份行程单。没有行程单是购不出团队票的。

在乌鲁木齐打车，很好玩。你站在路边，只要随意伸出手，停在你身边的，非常可能是一辆家用轿车。只要和你去的方向顺路，跟司机谈好价格就可以上车了。

回到酒店，原先商定好的晚餐随意，喜欢喝酒的，自己去找汉族人开的餐馆，不喝酒的，去星光夜市自行解决宵夜。

我不喝酒，白酒啤酒都不喝。红酒喝一点，喝多少呢？这么说吧，我喝一次红酒的量，能醉倒两只麻雀。我不喝酒，因为对我来说，人生就是一杯酒，而且它所蕴含的酸甜苦辣，远比那一杯辛辣的白酒要丰富得多。从这个意义上讲，我每天都在品酒，只不过我的酒是无形的，而无形的酒可以品一生而不醉。

我不喝酒，但老曾嗜酒。他死活拉着我，一定要我去陪着坐一会儿，并承诺喝两杯打个招呼，然后就陪我去夜市。

无奈。

喝酒之人，见酒难抽身啊。

刚一落座，老曾眼睛就开始放光。酒过三巡，我已经如坐针毡，老曾却还对那瓶酒情意绵绵。一个不小心，老曾把面前的筷子碰掉在地上。我很殷勤，出去找服务员要来一双新筷子。

我进来，一脸的愤恨，边递筷子给老曾边说："现在的人咋都这么没素质？这边筷子非常紧张，那边一老头，蹲在厕所拿一双新筷子抠嗓子往外吐。喝多了也不能这么糟蹋筷子，被我抢下来了，给你用吧。"

老曾看看我，低头看看筷子，脸都绿了，只好强忍着干呕的感觉，恋恋不舍地离开那杯酒，跟着我走出饭店。

乌鲁木齐的夜晚，天很高，星很亮。街道被霓虹灯渲染得五光十色，空气中充斥着孜然烤肉的味道。顺着这味道，一直走，你一定能走到最大的夜市，五一星光夜市。

夜市很大，也很喧嚣。这里基本是游客的天堂，本地人倒是很少来这儿。

买了两只羊蹄子，一大把肉串。往前走，远远地就看到老赖坐在一个摊档前，正吃得津津有味。我发现老赖每吃一口都用餐巾纸擦一下嘴。他的脚下，摊开着一个方便袋，里面扔了半袋子废餐巾纸。

老曾也看到了老赖，拉着我小声说："这老哥，癌症晚期。"

我一愣，看着老曾。

老曾远远地看着老赖，说："胃癌，他的胃已经消化不了羊肉，他现在只是在品着烤肉的滋味，肉，都被他吐出来了。"

我感觉我的心紧缩了一下子。

▼ 乌鲁木齐的夜晚

拎着羊蹄子，大步走过去。见我们过来，老赖一指对面的椅子："坐。"再把一堆肉串往我俩面前一推。擦擦手，老赖又从口袋里摸出一支烟。那神秘的，一个字没有的裸烟。

我说："大哥，这东西虽然能止疼，但也能要命。如果能挺住，就少吸两口。"

老赖看看我，又看看手里的烟，突然笑了："你以为这里面是大麻？这是特制的茶叶烟，主要成分是茶叶。我现在吃的药，不能抽烟，刺激胃。可又戒不掉，就用这个替代着。"恍然大悟，对老曾，我也投去了敬佩的目光。如此看来，老曾的小姨子绝不是像他说的老婆派来监督他行为的，而是老曾带来照顾老赖的。这才是兄弟。

吃完。回酒店的路上，老赖看着高远又深邃的夜空，突然问我："兄弟，在新疆的大沙漠上，一具尸体变成木乃伊，需要多久？"

我顺口回答："大概两三年就能彻底风干吧。"

老赖拍着我的肩，说："如果，咱们走到塔克拉玛干沙漠时，如果我走不出那个地方，你就把我裸露在沙漠上，做个标记。过两三年让我孩子把我的木乃伊带回去，真空保存好。"

我笑，但也仅是咧咧嘴，真的笑不出来。虽然我平时也口无遮拦，但在这样的人面前，我居然无言以对。

三人都沉默，默默地走回到酒店。一进大门，老曾的小姨子从大堂的沙发上站起来，看着我说："我找不到中午那家煎饺店了，你带我去。"

我回头，等着老曾。他是你小姨子，还是我的姑奶奶？我咋这么倒霉！

早起。在习惯的时间点醒来，看腕上表，六点半。看窗外，天还没亮。恍然，这里是新疆。这里和北京有两个小时的时差。窗外，天虽然黑着，却并不安静。下床，走到窗前，掀开窗帘往外看。原来酒店门前的马路上有早市。反正也睡不着了，那就逛早市吧。

电梯里，和老曾的小姨子不期而遇。看见我，依旧是下颌微微一收，嘴角稍稍往上一翘，眉毛都懒得动一下，这就算是打过招呼了。对她，我也只是还以注目礼。老曾的小姨子，姓我隐去，名字挺好听，叫羽书。

刚出酒店，立马投身到灰蒙蒙的晨雾中。乌市的早晨，温差有点大，气温有些低。顺着人流，流连在热闹的早市，天渐渐亮了。偶尔回头，羽书就在我身后两米多远，若即若离的。只是，每走段路回头看，她的手上就会多了点东西。女人，逛街不买点啥，那还叫女人？

我买了一大口袋的馕，回到酒店后就去敲老曾的房门。开门，老曾正在收拾行装。老赖从卫生间出来，穿着内裤，光着膀子，身上热气腾腾。只见他一身的肌肉，八块腹肌线条清晰。我羡慕："大哥，好身材！看你这身材，25。"老赖"呵呵"笑，说："一看脸，52。"老曾接过话："大哥当年学过散打，练过拳击，还拿过全运会冠军，国家健将级别的。"难怪。我把一大口袋馕递给老曾："带回去吧，这才是新疆特产，昨天看你好像没买。"老曾接过馕，笑：

"就等你买呢，我不知道哪家烤的好吃，就知道你会买给我。"我也笑："我要是也忘了，或者不给你买呢？""那就不是兄弟了。"老曾的回答半真半假。

早餐后，老曾就要乘飞机返家，而我们要出发去天山天池，就此分道扬镳。

餐厅里，老曾坐我对面，边吃早餐边对我说："老赖的胃，吃不得大米，也吃不得辛辣，还不能饿着，路上你多想着他点，我小姨子那儿有药。另外，小姨子交给你了。"我看着他的笑，那是种不怀好意的笑。当哥们这么多年，太知道彼此的德性，这家伙下面准没好话。但是，我能看到羽书端着自助餐盘，正站在他的身后。

老曾浑然不知，依旧大咧咧地说："你要是能把我小姨子拿下，咱俩就成了连襟。不过别说我没提醒你，我那小姨子可不好惹，到时候别说我不帮你，我在家也没地位。这姐俩加一起，就是一对……"

"嘭"，羽书把自助餐盘往餐桌上一顿，把老曾给吓了一跳。看看一脸愠色的小姨子，又看看淡然微笑的我，老曾恨恨瞪我一眼，闷头吃东西。

我拿起杯子，去倒了一杯咖啡，然后坐到一边，远离老曾和羽书。这家的早餐还不错，中西结合，挺丰盛。只是这咖啡，寡淡如水，我老早怀疑后厨忘了往咖啡机里放咖啡粉了。

老赖走过来，顺手扔给我一包三合一的速溶拿铁。

我喜欢喝咖啡，也喜欢看咖啡粉在杯子里被冲溶的过程。苦涩中带着酸味，像人生不？浮在杯子上的泡沫，像青春不？轻佻，易碎。

苦涩后的回甘，像爱情不？别有滋味在心头。

　　老赖也冲泡了一杯咖啡，坐到我对面，嘴里还嚼着一块烤馕。我看着他，突然觉得这种感觉很熟悉，很亲。

　　人和人之间很奇妙，有些人即使你们认识了很多年，却也不会有熟悉的感觉，而有的人即使你们只有一面之缘，那一面的瞬间却有相识已久的感受。说白了，人际之间就是一种感觉。

/天池边，我给你讲个故事/

刚刚到大天池，电话就响了。接起电话，是老曾，他已经到机场了，只听他说："给你出个谜，考考你的智商。假如，你带着很多的行李到机场，超重很多，如果你不想补交托运费，还想把东西都带上，做为一头老驴，通常最有效的解决办法是什么？"

我笑，这个人，用这么无耻的手段套话。

"通常，我会找一个旅游团，老人居多的那种团，老人购物少，行李少。然后呢，和导游商量，甚至可以给他一点帮助费，把行李混在旅游团队的行李中，分担着就可以不用补交运费。"

我刚说完，那边就传来大笑声，震得我耳膜疼，看把他给乐的。

放下电话，看到天池边居然有游船，虽然是很煞风景的游船。车友建议上船一游，却发现没有船工。只好聚坐在天池边休息，听我给大家讲故事。

说很久很久很久很久以前，那个时候的天池还有个更好听的名字，叫瑶池。远古的时候，天山还是属于仙境里神仙的地盘，不在人

▲ 一波碧水的天池，一条不合时宜的船

间，故而称作天山。而瑶池，则是仙境中的5A级旅游胜地，相当于现在的三亚。那时候的瑶池虽美，但因为是仙境，是神仙专用的，不是凡人能来的，所以常年在瑶池度假的西王母，也是独守孤灯，寂寞难耐。

终于有一天，从天山脚下很远的地方，风尘仆仆地，来了一乘八骏御辇。御车上的翩跹公子，就是中国最早自驾游的驴友，周穆王。

周穆王所乘的八骏御辇，相当于现代的豪华奔驰房车。

话说周穆王其实对西王母早就倾慕已久，此次周穆王假借公款旅游之际来到瑶池，实则是想拜见西王母。就在这美丽的瑶池边上，两人在淡绿色的玉椅上，品着西域美酒佳肴，听着奇妙动人的天籁之音，上演了一幕瑶池相会。

西王母唱道："白云在天，丘陵自出，道里悠远，山川间之，将子毋死，尚能复来？"

这就是中国最早的情歌，千万年以后，一个叫邓丽君的漂亮女人翻唱了这首千古情歌。歌词大意是：今宵离别后，何日君再来。

周穆王回道："予归东土，和治诸夏，万民平均，吾顾见汝，比

▼ 天山天池，相映成景

及三年，将复而野。"

　　意犹未尽时，周穆王还在瑶池边的玉石柱上，挥手刻下了"西王母之山"五个大字。

　　话说，西王母和周穆王就在瑶池边上，在云蒸霞蔚的晨光中依依惜别。临行时，西王母还和周穆王定下了三年再相聚的约定。可周穆王再也没回来。

　　盛名之下的每一处景致，其实都不是天生就是个景点的。一个传说、一首歌、一幅名画、一首诗……都可能成全一个景点。这其中，传说是最有效的宣传手段。所以，但凡山清水秀的地方，都会人为杜

撰一个传说。

三大天池，我都去过，还都不止一次，蓝天白云绿水，是我游历过三大天池后的共同感受。

这三大天池里，属吉林长白山天池有意思，它以怪兽为卖点，颇具神秘感。而且长白山天池横跨中朝边境，一池水由两个国家分享，这也是三大天池中独有的。长白山天池还是保护得最好的。以前，登山爬到天池边，沿途会看到数不清的巡山人。摘一朵野花罚款五百，铁面无私，绝不含糊。

而内蒙古的阿尔山天池，则是以深不可测、水深通地心作为卖点，加之天池周边森林茂盛，自然景致无以伦比，更还有得天独厚的温泉群，所以阿尔山天池以娇媚著称。但阿尔山天池也是最贵的，门票每年都迎着风涨价。

新疆天山天池，是三个天池中规模最大的，深藏在群山环抱之中，自然风光独特，所以它是三大天池中唯一既不炒怪兽，也不故弄玄虚的一个，出名就凭这份天然的美景。但是天山天池也是保护最不力的，前些年，景区内没有规划，牧民没有节制地放牧，导致景区内的植被破坏很严重。这游船码头，还有这样那样的建筑对景色不但没有画龙点睛之功，反倒是画蛇添足。

这世界难有十全十美的事。越是美丽的，越容易留下遗憾。不管咋说，天山天池的美还是举世无双的，西王母和周穆王的故事也是流传千古的。乘着游船在天池上畅游一番，这也绝不是一般的享受。

游完天池，午饭就在景区内安排。我在一家叫天池阿米尔餐饮广场的餐厅，定了两桌餐。这家的菜，很一般，新疆大盘鸡，基本就是鸡块炖土豆，一点特色也没有。但这家的烤馕，是那种刚刚出炉的，香、酥、脆。太好吃，太好吃了。好吃到什么程度，还是蔡澜先生那句话，"美食的味道，不是文字能形容出来的。"

在此我可以透露给你两个情景，兹以证明。第一个情景，菜还没上桌，服务员送上来两大盘刚出炉的烤馕，转眼就被一扫而光；第二个情景，吃完饭，桌上剩下的烤馕被大家一股脑装进方便袋带走。

也可能是饿极了，人在最饥饿的时候，能吃的，都是美味。

/是谁踩我脚后跟？/

午饭后，心满意足地拍着肚子，迎着和煦温暖的阳光，沿着山路缓缓而下。下山不是目的，目的地是西小天池。

队伍刚出发，我发现不见老赖的踪迹。寻找回到吃饭的地方，远远地看到老赖正在等下山的导站车。

看我过来，老赖带着歉意说："这一病，体力就不支，怕连累了大家。我还是坐导站车下去吧。"

我说："没事，咱是自驾，行程时间上都自己说了算。"

传说西小天池是王母的脚盆，都来了，不看看岂不可惜？

老赖爽快点头，声音沙哑地笑着说："那就去吧，可能人生就这最后一眼了，不看真是会遗憾的，走！"

跟在老赖的身后，看着他略微有些佝偻的脊背，想着以前这个运动员出身的男人曾是何等的挺拔刚毅，想着他说的那句话，"可能人生就这最后一眼了"，心里酸楚。我偷偷地打开录音笔，记录下当时的心境。

穿山越林，走到西小天池，这是西小天池最负盛名的景点——龙潭碧月。"闻水声潺潺，喷薄于断岩之上者，小龙潭也。潭水深碧，其源弗长，然虽流细力微，亦足以占溉近郭。"这是《灵山天池疏凿水渠碑记》上面记载的。龙潭碧月，这个名字很雅吧。有高雅的，就肯定有大俗的。西小天池还有个跟王母有关联的传说：王母脚盆。

沿着山路上的木质栈道拾级而下，边走边在心里描画着王母脚盆

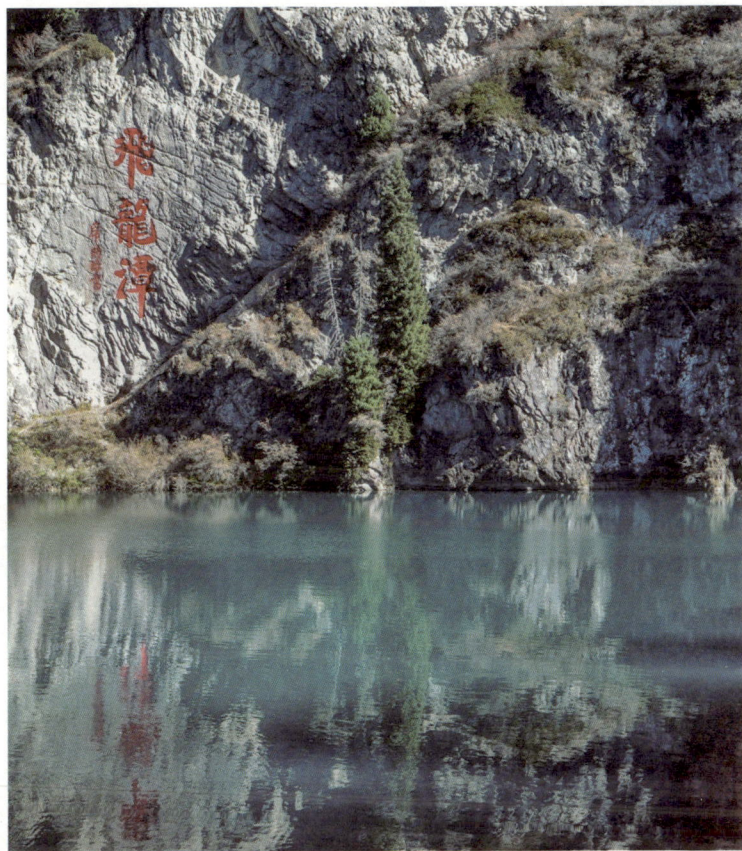

新疆天山天池的飞龙潭，水清如镜，一个有传说的地方

的样子：会不会跟我们在足浴房中使用的脚盆一样？

"走在山间的小路上，牧童的歌声在荡漾。"前面上方，有人在唱歌。景区里没有了牧童的歌声，有的只是一群人豪爽的笑声。

金黄的树叶把斑驳的阳光毫不吝啬地挥洒在每一个经过它的人身上，也把一份好心情慷慨地送给了我们这些远方来的客人。

走在木栈道上，向上攀援。同伴的欢笑声就在头顶的上方，但你怎么看都看不到他们的身影，他们被丛林掩映。

也许，这就是一种风情，只闻其声不见其人。也许，在下一个转角处，就会有另一番风情。

果然，转过弯，风情就在那里等候着。黄色冲锋衣，军绿色冲锋裤，一头长发盘起，一张姣好的面庞却如秋风般冷峻。羽书站在拐角处，倚着栏杆。

我和老赖几乎异口同声："等我呢？"说完，我俩对笑，两个老男人，一对无耻之徒。

羽书冲着老赖摊开手掌："你该吃药了。"老赖乖乖接过药，扔进嘴里。不用水，一伸脖子，咽下去。以前，我觉得只有我才有这本事，吃药不用水。现在看，牛人辈出。

刚要走，羽书冲着我伸出脚："鞋带开了。"我错愕，这绝对是故意的，我系的鞋带，绝不会开的。我看着羽书，又低头看看鞋带。老赖在一边，偷着笑，还举着相机，等着抢镜头。看热闹的永远都不怕事大。

我说："鞋脱下来，我教你怎么系圆鞋带。"羽书一撇嘴，说："回家谁还穿这登山鞋？我一向只穿高跟鞋。有你在，我也不用学。"

老赖还在一边添油加醋："你废什么话呀？美女让你系鞋带，那是前生修来的福，痛快点，我这等着抢镜头呢。"

我无奈，只好单膝跪地，羽书倒是一点不客气，脚蹬上我的膝盖。我说："这次系鞋带得给钱，擦皮鞋还五块钱呢，你咋着也得给……"羽书接过话："得，给你两块五。"只要不是二百五，我就照收。

咔嚓，老赖按下快门后就赶紧往西小天池方向跑。这会儿他的体力咋这么足呢？

我也往前走，羽书把她的小双肩包递给我："太沉了，帮我背着，再给你两块五。"我望着那小巧的女士双肩包，暗自咧嘴，抬头看看她那冷冷的脸，接过背包。

走到西小天池前，所有人都冲着我俩举着相机，那架势有点记者招待会的味道。羽书躲在一边，她不喜欢玩笑。我却兴高采烈跑上去，还把背后的女士小包展示在镜头前。我有外交家的风度，绝对配合采访。

其实，在路上，一个群体中，一定需要一点开心的事或者开心的人，这样过程才能轻松、和谐。为此，我愿意做小丑，只要大家都开心。

老赖毕竟是老大哥，替我打圆场，说："来，领队给讲讲西小天池的传说，不要解说词，只要听传说。"

好吧，传说。又是传说，我咋这么爱传说呢？传说好玩呀，它是野史，也是民间的口口相传，无法考证，那就可以放开思绪随意挥洒。

我瞎编？那就瞎编吧。传说西小天池的瀑布是王母家的淋浴。王母就是气派，这么大的淋浴房，可以带着几十个丫鬟一起淋浴。白花花的泛着沫的水直泻而下。

瀑布的对面，清光绪年间建有一座六角观瀑亭。因为年代久远已经毁损。

观瀑亭虽毁，但有诗人王树楠的诗描述这里当年的风采，这可不是我胡编的。

半亭飞瀑挂瑶虹，万仞层冰镂玉龙。

晴霭断桥笼弱涛，怒涛深涧响寒松。

洪波泻地倾星海，仙掌擎天峙雪峰。

与子谈山过夜半，乱云深处忽闻钟。

好诗。

西小天池瀑布的源头为"醴泉洞"，此处，似洞非洞，隐蔽难寻，又称"隐乳洞"。泉乳从地下涌出，清净甘甜似醴，传说是属于王母娘娘的醴泉。

乱山倒影碧沉沉，十里龙湫万丈深。

一自沉牛答云雨，飞流不断到如今。

这是清代大才子纪晓岚为瀑布题的诗。

东小天池北岸断崖峭壁，高近百米，故称"百米崖"。每逢春末夏初，冰雪消融，池水上涨并由北岸泻漏下跌，形成近百米高的瀑布，流银泻玉，飞溅直下，水声如雷。若逢阳光折射，则彩练当空，

▼ 雪山融雪潺潺汇成溪流，流入天池

景象万千。有诗为证：

珍珠数泉悬半空，银链高挂雾蒙蒙。

烟水缥缈娇阳艳，长虹飞架青峦中。

不知道王母如何忍心把脚伸进这一池碧水，洗脚水和眼前的景色，无论如何都联想不到一起，这个传说太缺乏想象力了，还是淋浴比较有想象力。青山绿水间，仙女沐浴中。这是很多古老传说中的镜头，话说还是仙女比较大方，洗澡都是在旷野中。

最后，我调侃道，这里多好，能看到仙女洗澡。

所有男人都为我讲的传说鼓掌，所有女人都指着我，一脸的鄙夷。下山时，不时有人在我身后故意踩我的鞋跟。回头看，是一脸若无其事的羽书。明白了，我那句看仙女洗澡，惹翻了这位老姑娘。

离你远远的，惹不起躲得起。

下山，返回乌鲁木齐市。一天下来筋疲力尽，实在不愿意满大街找吃食。好在宾馆门前就有一个维吾尔族人的摊子，卖的是烤包子。

我和老赖刚要买包子，羽书正好从宾馆走出来，不由分说，用命令的口吻说："带我去吃素煎饺。"我看看老赖，他拿着一袋包子，笑眯眯要走。羽书一把抓住他，说："大哥，你也去，那家的小米粥挺好，对你胃好。"这回轮到我笑眯眯的，想看我热闹，你也跑不了。

友情提示：烤包子很香，也很腻人。吃完包子最想的东西就是，一根黄瓜或者一包榨菜。

贰

吐
鲁
番

时间：2010年10月
地点：吐鲁番

/出发！目的地：吐鲁番/

次日，风和日丽，阳光明媚，空气中带着烤肉和风沙的味道。看表，十点钟。

出发。目的地：吐鲁番。

新疆和内地有两个小时的时差，按照新疆的作息习惯，上午九点半上班上学，午餐时间在两点半，晚餐则在八点半，内地人需要适应。

车队走在市区，我特意在一家西点店门前停下，买了几个面包和蛋糕。面包给有胃癌的老赖，他的胃，饿不得也撑不得。蛋糕给羽书，不沾任何荤腥的人，在新疆饮食是个问题，好在女人都喜欢甜点。

老赖开着车，看着我特意买给他的面包，没说什么，只是笑笑。

羽书接过蛋糕，淡淡地说了声"谢谢"。

只有方娟大惊小叫："为啥什么都没给我买？"

我拿出昨天在天池打包的烤馕："这个是咱俩的。"

▲ 平凡生活

方娟感慨："人老珠黄了，不受待见了。"

老赖接话茬："不是因为你人老珠黄，而是因为你名花有主，谁敢待见你？"

笑。

一路上，我用对讲机给大家讲段子，从以前旅途上经历过的人和事，到各地的吃喝玩乐。我们车队的每辆车都配有手台对讲机，车友都可以参与话题。说说笑笑，时间过得很快。

很快，车队到达交河故城。

▼ 新疆交河故城，曾经丝绸之路上的繁华重镇，如今荒芜成记忆

在古老的丝绸之路中道上，吐鲁番地区有两座著名的姊妹故城——交河、高昌。

交河故城是公元前2世纪至5世纪由车师人开创和建造的，在南北朝和唐朝时期达到鼎盛，元末察合台时期，吐鲁番一带连年战火，交河城毁损严重，终于被弃，而后衰败。

14世纪蒙古贵族海都等叛军经过多年的残酷战争，先后攻破高昌、交河。同时蒙古统治者还强迫当地居民放弃传统的佛教信仰改信伊斯兰教。在精神与物质的双重打击下，交河终于走完了它生命的历程。

历史留给后人的，除了财富，还有思考。

环顾而望，不见楼兰美女。曾经，这里是古文明的摇篮；曾经，这里富庶奢华；曾经，这里商贾云集；曾经，这里留下过张骞西出阳关的足迹。

如今，这里留下的，除了满眼黄沙就是残垣断壁，还有屏息聆听才能依稀听到风中的一声叹息。

虽然阳光耀眼，但是站在这古城废墟下，依然能清晰地感受到那份苍凉。

远远的，老赖走到故城一处城墙边，远离人群，独自站在荒凉的故城遗址上极目远望。

我站在他身后，看着他的背影，异常孤寂。他转过身，一脸苍凉，却转瞬即逝，而后硬挤出一丝笑容。我看着那笑容，心中更感凄惶。

他喊过羽书，说："给我们哥俩合个影。"

羽书给我俩拍完照，喊来方娟，说："给我们哥仨合个影。"

方娟给我们拍完照，喊来同行的车友，说："给我们四个合个影。"

老赖笑，说："再过一年，这张照片就会升值，一般跟死人的合影都值钱。"羽书恨恨地翻了老赖一个白眼。

方娟却正色道："老赖，你信我的话，好好活着吧，你且死不了呢。"方娟管理的景区内有一座颇有名气的庙宇。方娟跟庙内的住持混得久了，也颇有些道行。方娟有个女儿，虽然才19岁，也颇有慧根。

方娟神叨叨地对老赖说："你身上一点死人味都没有，你就好好活着吧。"老赖摊开手掌，给她看。方娟看到老赖的掌纹，大惊："你这是断掌之纹，你命里注定有血光之灾。要么你杀人，要么人杀你。"老赖点头，说："我四岁时，我娘找人给我算命，也是这么说的。而且命里注定吧，我后来做了法警，亲手枪决了八个。"缓了口气，老赖才又继续："应该是七个死刑犯，是我亲手执行的。所以，接到癌症诊断书那天，我一点都没恐惧，也没惊慌。我记得那天我只说了一句话，该来的，终于来了，讨命的登门了。那天晚上，我老婆不敢跟我在一张床上睡觉。她说不出来为啥，只是觉得我特别可怕。"

车里交谈的气氛有点压抑，我下了车，在故城门口买了一个新疆西瓜。顶着骄阳，吃一口西瓜，口感就两个字：贼甜！感觉就三个

42

字：爽死了！

西瓜的果汁流在手上，片刻，只剩下黏黏的感觉，像胶一样。

有些车友买了哈密瓜就坐在车里吃，还把瓜皮留在车上，说是只为了那份清香的气息。我见到后赶紧过去叫吃瓜的人都下车。可不能在车内吃瓜果，一旦果汁滴落在车上就很容易招蚂蚁，且杀不完清不净，很是麻烦。所以车里千万别留果皮，否则你就等着蚂蚁光顾吧。

中午两点钟，我们离开故城，前往下一个目的地——维吾尔古村。

车上，我问老赖："枪决犯人时，你手哆嗦没？"老赖说："执行前两天，紧张，我差点辞职。真到执行那天，一点没哆嗦，干净利索得很。"

我说："你这是运动员的心理素质起了作用，但过后会不会后怕？"老赖说："第一次执行枪决任务后，那天晚上我跟朋友喝了一顿酒，回家倒床上就睡，从没睡过那么香。要说后怕，"老赖顿了一下，欲言又止，半天，才说："我最后执行的人，是我亲如手足的师兄，那次以后，我真的怕了。"

我说："不是有回避条款吗？你可以申请回避的。"老赖开着车，眼睛盯着前方。又过了好一会儿，他才说："那次的枪决任务，事出有因，有些诡异。你要是有兴趣，等过几天吧，我会给你讲的。"

我望着老赖那张布满沧桑的脸，看着他握着方向盘的那双手，幻想当时的场景，实在想不出他的枪口是怎样瞄准了师兄的头，他是在

什么样的心情下扣下扳机，那件事以后，他又陷入的是怎样的伤痛和自责。

去吐鲁番的路上，路过了一座村落，亚尔果勒村。

这是一座利用原有古民居而建成的民俗村落，犹如一个展示维吾尔民族的文化、历史变迁、生产生活、宗教信仰等风貌的民俗陈列馆，其中有一些建筑据说有数百年的历史了，收集的一些实物更是非常具有地域风情。

进去看看吧，虽然明知会很失望。

要了解一个民族或者一个部落，最需要关注的就是他们特有的出生、婚礼和丧葬习俗，其实这些也涵盖了人生的轨迹，生与死、繁衍与消亡。在这些方面维吾尔族无疑具有非常特别的习俗，与我们汉族区别很大。但是，一句两句很难说清楚，至于怎么考察清楚，还是留给历史学家们吧。

进入村落，果然，一切都是人为做旧的，不值得一看。我也只能无聊地转悠着。和同伴转悠到后院，被一个头戴白色维吾尔族头巾，满身白色维吾尔族服装，留着老长花白胡子的胖乎乎的维吾尔族老者拉住。连说带比画的，不懂维吾尔族的语言我都知道，这是要拉着合影。

一转身，我挣脱了老爷子的纠缠，身后的同伴就没有我这么坚定，被拉住拍照。

这位老人家，光看脸其实真不见得有多老，但那花白的胡须倒是让人看不出实际年龄。不过老人家也很有趣，不喜欢和男人拍照，喜欢跟女人尤其是年轻漂亮的一起拍照。拍照后，老胡子又拉过来全家，摆出风情万种的姿势让我们拍个够。然后凑到跟前，双手合十，嘴里一连串的维吾尔族语，听不懂但能感觉出肯定是祝福的话。老人家别的汉语不会，但是有一句汉语说得清晰——"合影十元一次"。我们看老人家慈眉善目，一副快活的模样，我们也就没有计较，和他握手，诚挚地感谢，快乐地付钱。

这样的花钱"被合影"，在旅行的时候经常会遇到，都是在游客还没有弄清楚怎么回事的情况下就拉着你合影了，但大部分人又不好意思不付钱。这就是商业。

午饭，在坎儿井的街上找了一家路边店。羽书拎着一袋馓子，是来时在西宁买的，因为有点受潮，不脆了，口感不好。羽书要扔，被我拿过来。进饭店后，交给厨师。跟厨师讲好，吃红烧鸡块，把这馓子当粉条，给炖上。吃饭时，那一大份的红烧鸡块炖馓子，大受欢迎，几乎是被一扫而光。其实，这馓子用来炖鸡块或者炖鱼，比粉条还要好吃，口感爽滑细腻又不失弹性，很香。

/男人的卧谈/

走314国道，中途途经达坂城。

达坂城称著于世的除了姑娘之外，就是那成片成片的风车阵了。拍风车，最好的时间是有早霞或夕阳的时候，慢门拍出风车转动的动感，同时要从近处仰拍，能拍出风车那种高拔入天的气势。

从乌鲁木齐一路过来，沿途会经过很多处值得一去的风景胜地，如路旁的盐湖。但因为心系吐鲁番，向往那火焰山的传说，所以车队在盐湖和风车阵都没怎么停留。

吐鲁番是一片有历史故事的土地，张骞出使西域，玄奘西天取经，都是从这里经过，它是古丝绸之路上的重镇，有四千年文字记载史。其实在新疆，吐鲁番比乌鲁木齐更有新疆特色，可能是因为王洛宾的歌太流行，也可能因为那誉满天下的葡萄和葡萄干太出名吧。

到吐鲁番的时候已是傍晚。车队每天的晚餐都是自己解决，这样能给每一位队友选择他中意的美食的机会，也给一些情投意合的酒友

▲ 夕阳之下，风车悠然

以畅饮的机会。

　　羽书进到酒店，赖在床上就不起来。方娟跟人在车上就约好要去拼酒，我和老赖去了夜市。

　　吐鲁番的夜市不大，可选的品种也不多。要了点羊肉串，我要了一份拉条子，老赖转悠半天，要了一份叫作曲曲的小吃，形状、内容都像馄饨，也是皮包馅，只是馅是羊肉的，汤上面漂着一层像肉碎末的东西，问当地人，说那是羊尾油。油太大，我尝了一口，腻。老赖喜欢羊汤，所以他吃得还蛮开心。仍然是，只嚼嚼味，然后再吐出来。

49

那天晚上，我俩住一间标间。洗过澡，躺在床上，电视开着。我俩都钟情于一个频道，中央电视台体育频道。看着电视里的球赛集锦，有一搭没一搭地聊着，然后我知道了老赖的一些经历。

老赖打小时先学的摔跤，后来学散打，还曾经拿过全国冠军。因身体后来有了些伤，家里也不愿意他再干这一行，所以21岁就退役了。退役后，被分配到一家运输公司学修理，也学驾驶。他人生的机缘是当工人的第三年。有一天，一个人来修车，老赖的师傅不在，老赖就上手去修车，居然修得很好。修车那人有点来历，看老赖光着个膀子，一身肌肉，就很好奇。老赖说自己是运动员出身，而且是国家级健将。那人就惊讶，说你这样的退役，不该分配到工厂，你属于国家干部。

老赖人很机灵，第二天就去市里找。过了差不多两个多月，老赖被分配到市局反扒队，但他只在反扒队工作了半年就差点被开除。当年的老赖还是个热血青年。他们这茬人在运动队的时候生活太简单，接触的层面也太小，而且容易冲动。在反扒队工作的那半年，有一天，在医院的住院处，老赖抓到一个专门盗窃农村患者钱包的惯犯，这家伙偷的是那个农村大嫂给丈夫看病的救命钱。老赖一时激愤，拿出散打的劲头来。结果那个偷盗惯犯被打折了六根肋骨，外加两只胳膊。这在警局里算是大事，老赖被停职反省，估计要被警队开除。反扒队的老队长爱惜老赖这热血正义青年，就汇报给上级领导，讲明实情，经过处罚后，这才把他转调到法院，当了一名法警。

老赖刚给我讲到这儿就有人使劲敲房门。我看看表，已经半夜11

点。做领队的最怕这个点被敲门，这个点来敲门的基本就是车友出啥事了。我慌不迭跳下床，用浴巾围住下身，急忙开门。差点没吓死我，门外站着一蒙面侠。

一个女人，披头散发，身上穿着白色的睡衣，脸上蒙着一张金色的面膜，只露着眼睛鼻子嘴，嘴唇还很红，大大的眼睛死死地盯着我。朱唇轻启，有冷酷的声音对我说："我饿了，带我去吃素三鲜煎饺。"

是羽书。

我气极："就你这形象、这时间，我带你上街，一定把别人给吓死，你还是饶了我吧。"羽书伸手就拽我："赶紧的，我饿了。"

"姑奶奶，你不摘下面膜，打死我也不敢带你出门。再说，我这下面就一条裤衩，咋着也得让我穿上衣服吧？"

羽书看一眼腕上的表，说："正好，再有三分钟我的面膜就可以取下了。你穿衣服吧，我等你。"说完，大咧咧走进房间，坐在沙发上看着我。

我叉着腰，跟她说："你能不能回避？我要穿衣服。"她满不在乎地说："医生眼里没性别，手术室里啥样的男人我都见过。我都不在乎，你害什么羞？"

恰好这时有电话响起，我接起来一看号码，立刻接通，冲着电话气愤地吼道："老曾，你这是小姨子还是姑奶奶？"

羽书冲过来，抢下我的电话。

老曾来电话，老父手术成功，刚下手术台。

/吃葡萄，妙说师徒四人/

一夜无话。次日，又是一个朝霞满天际的清晨。

披着霞光，踏着晨雾，出发，目的地，葡萄沟。

吐鲁番，中国最低的盆地，最热的小城。这里盛产全世界最甜的葡萄、西瓜、哈密瓜，也盛产美丽的传说和动人的维吾尔族姑娘。

当年第一次踏上这片火热的土地，第一次看到如浩瀚繁星般遮天蔽日的葡萄，第一次见识到火焰山的炽热滚浪时，我只记得我当时惊讶得差点把下巴给掉下来。去往葡萄沟的路上，我一直眯缝着眼睛，强忍着口水给车友们细诉着葡萄沟的壮美、哈密瓜的蜜甜、葡萄酒的醇厚、烤全羊的喷香。就在回忆和憧憬中，我们的车队驶进了誉满天下的吐鲁番葡萄沟。

进入景区的大门。

请原谅我的用词，如今的葡萄沟不再是以前那个维吾尔族果农辛苦耕耘，只为收获最甘甜葡萄的果园了。这里已经被包装美容，变成了供游人参观浏览的景点。

想知道果园和景点的区别在哪里吗？在果园，每到收获的季节，果农会精心采摘每一颗来之不易的果实；景点呢？漫天蔽日的葡萄架上，果农只会摘走那些最好的果实，而很多葡萄不会采摘下来，就那么挂在葡萄架上。在这里，葡萄是道具，是给人参观的，不是丰收的果实。很多游人都以为，那不采摘的葡萄是要晾晒成葡萄干的吧？做葡萄干需要专门的晾晒房，不是这样挂在藤架上被太阳暴晒就行了，而是要通过自然风和热空气阴干的。

　　花在葡萄沟的时间只用了半个多小时。其实要不是为了多吃点葡萄，十分钟就足够了。这样整齐划一的葡萄园景点，一眼望过去，像镜子里互相照出来的，雷同。

▲ 葡萄园一景

从葡萄沟出来，奔向火焰山。其实火焰山的火焰非真火焰，而是烈日下的红砂岩灼灼闪光，热气蒸腾似火焰而已。

我觉得唐三藏应该感谢孙猴子，如果没有大圣的保护，那虔诚的唐三藏站在八百里火焰山下，估计也就只能万念俱灰，身赴火山，以求法身涅槃；或者委曲求全，献身于为儿子红孩儿报仇的铁扇公主，求得赦免，送过山去；要么就得无奈长叹并掩面痛哭而去，从此绝迹江湖，消隐于天下。若果真如此，恐怕这世上就不会有名垂青史、彪炳千古的传世名著，火焰山也就不会名扬天下了。凡事有因就有果，因果皆天成。如此，孙猴子于唐玄奘，就是天意。

去火焰山的路上，我用对讲机对车友说："这世界上，从古到今，从人到神，最让男人嫉恨的有两位。第一位是柳下惠，美女投怀送抱，他却不理不睬。明明对女人没兴趣，他却生生把自己伪装成了正人君子，让其他男人情何以堪？另一位就是孙猴子，上天给了他72种变化，又给了他一指定身形的本领。可是，在蟠桃园，他一指定住了美艳如花的七仙女，然后，他却转身去摘桃子吃，真真气死了天下的男人。桃子比美女美吗？"我调笑道。

羽书从后座伸过手来，狠狠地掐了我一下。

我回头，装傻，问羽书："干吗掐我？"

羽书没好气地说："柳下惠是不是同性恋，不是你可以定义的。再说，不管是异性恋还是同性恋，都不该受到你这样的歧视和调侃。"

得，我最怕这种严肃的质问和话题。

赶紧岔开话题，我说："新疆有很多地方都留下过玄奘的足迹。虽然这四个人的故事是传说，但几千年后的现实社会里，这师徒四人的原型却依旧清晰地存在着。"

哦？

老赖和方娟对这个话题感兴趣。

羽书脸冲着车窗外，看着沿途的风景。看得出她对很多话题的漠视。

我说："唐玄奘，此类人志大才疏，但唯一的本领是，玩人。对上恭顺谦卑，如他对佛祖、对观音的态度。对于有利于他仕途之人，不惜屈尊求荣。比如他和唐太宗称兄道弟。"

方娟插话说："唐太宗的身份，对于玄奘来说不算是屈尊吧？要说屈尊，应该是唐太宗屈尊。"

我说："这要看从什么角度，唐玄奘是佛祖座下大弟子，这个身份可比凡间一皇帝尊贵得多吧？"

老赖打断我和方娟的话："别计较身份，继续你的思路。"

我说："唐玄奘这人，很会扮憨厚。但对下属，他比较狠，比如对孙猴子，动辄家法伺候，对八戒这种会溜须拍马的，唐三藏倒很宽容。正因为他对上恭顺谄媚，对下巧妙利用，所以，取经这桩惊天事功被他成功'窃取'。在取经这件事上，他出力最少。现实点说，他是拖累了取经的整个行程。如果让孙猴子取经，一个时辰的事。但唐三藏最后得到的封赏，却是最高的。应该说，他是现实版中层领导为官、做人之道的最佳教材。"

"那孙猴子呢？"老赖问。

看来他对这话题最有兴趣。

我说："孙猴子属于那种才高八斗，志向与情商都低下的一类人，他属于小富即安型。孙猴子本领通天，但他最大的理想却只是做一个小小的花果山的山大王。志向低下可见一斑。

"孙猴子这种人，属于现实社会中那种技术型人才。这类人自视甚高，仗着自己才高八斗，谁都不放在眼里。顶撞领导对他来说，是性格的体现。

"八戒每每也叫嚷着散伙，但八戒并不是真心要散伙。孙猴子却是喊得出做得到，动不动就反水回花果山。所以，在三个徒弟中，孙猴子受过的责罚最多。而且和八戒比，他也不是唐玄奘真正的心腹，玄奘时刻都在提防他，但也时刻都在利用他。此类人在现实社会里，很多。

"八戒，属于那种眼高手低的人。以他的才能和相貌，他居然敢对嫦娥动心思。但八戒也是八面玲珑的人，追嫦娥不成，高小姐他也能欣然接受。这样的人比较善于变通，且容易接受现实，他知道自己的本领，所以绝不逞强。遇硬则避，但凡遇到武功高强的妖怪，他都躲在孙猴子的身后，任你对他百般侮辱，也绝不强出头；遇到软弱可欺的，他绝不仁慈，这一路上死在他手里的小妖不计其数。

"这样的人，在现实社会里是活得最滋润的一类人。不论上下级关系，还是同事关系，他都能很好地理顺，到处都能讨得便宜。脸皮厚，吃八方。但作为同事，对此类人最该小心。

"沙僧，属于那种既没有本领，也没有志向，默默无闻，甘愿平庸的。此类人，现实社会里最容易被无视。人人可欺，包括他的家人。但他，也会甘愿这样活着。唯一的志向就是得一份安稳的工作，而且绝不跳槽。一份微薄的薪水，够他喝一壶小酒的，他就甘愿给你劈柴挑担。这样的人，你看他活得很累，其实他看孙猴子，活得更累。"

　　老赖说："你还别说，有点道理。我得自我考量一下，我属于谁。"

　　我说："甭考量了，到火焰山了。"

/眼睛闭着，怎么触电？/

火焰山，我个人感觉，是个挺让人失望的景点。一座寸草不生的红色山岩，还有笼罩全身上下的闷热难当的空气。穿过人工修建的火焰山展览大厅，沿石阶而上。除了一根巨大的金箍棒造型的温度计，别的，什么都没有。

风景，很多时候，幻想出来才美丽。

把车友送进去，我回到车里。我来过三次，对这里已经失去了热情和好奇。我怕热，烦那种汗憋在体内出不来的闷热感。坐在车里听着歌。我很喜欢车载音响的那种感觉，狭小的空间里，会把声音的细腻发挥到极致，所以听起来会别有韵味。正听得陶醉，车门被拉开。

是羽书，一脸的汗。她看到我就说："你们导游的嘴，跟骗子没啥区别。就这么一座红土山岩，被你吹得神乎其神。"我笑："告诉你个秘密，在我们行内有句话，祖国山河美不美，全凭导游一张嘴。"

羽书拉开后座的门，喊我："你到后面来坐。"

对这姑奶奶，少惹为妙。我下车，坐到后排，准备把副驾的位置让给她。没想到她也跟着挤上来，坐到后座。我看着她，揣测着下面的剧情。她摸出一瓶水，喝着，顺势把脚搭在我的腿上。

我冲她瞪起眼，她指着鞋带说："我故意解开的，你再给我系上。"

"为什么？"

她说："打从八岁起，再没人给我系过鞋带。我突然发现，男人给系鞋带的感觉，挺不错的。"

我说："那你也得付出点啥吧，要不你给爷笑一个吧？"

羽书抬起脚，往我腿上踹了一下。

我说："你不会是爱上我了吧？一般我跪着给系过鞋带的女人，八成都会爱上我。"

她抬脚，又踹在我的腿上。我抓过她的脚，给她系上鞋带。

她幽幽地说："我姐夫把我推销给你了吧？"

嗯，我痛快地点头承认。

她说："难怪来的这一路上，他天天在我耳边念叨你，我就知道他没憋什么好心眼。不过，"她的脚依然放在我的腿上，侧身靠着车门，看着我说："你没他描述的那么优秀，只有一样很符合他的描述。"

我笑，说："脸皮厚？"

她点点头。

我手搭在她的小腿上，明显感觉到，她的腿突然绷紧。那是一种对异性接触很敏感的警觉，但她并没有抽回她的腿。我盯着她的眼睛，她的眼神中透着紧张和戒备。

我说："老曾介绍你的情况，也有一点很符合。"

我故作严肃，顿了一下才说："他说你是黄花大姑娘，这点我相信。"

她的脸，一下子露出愠怒之色，眼中有火苗，抽回脚，估计又想踹我。我一把按住她的腿，说："但老曾并不了解你，他不知道其实你根本就不喜欢男人。"

她一下子愣住，看着我，脸慢慢涨红。半天，她绷直的身体，突然瘫软，虚弱地偎在车门和座位的那个夹角里，像一只受伤的小猫。

"你怎么知道的？"

她的声音不再那么冰冷，反倒显得有些娇弱。

我说："在大街上，一个相对陌生的男人单膝跪地给一个独身女人系鞋带，换其他任何的女人，就算不动心，眼神也都会是柔柔的。你，眼神依然冰冷。眼睛是心灵的窗户，这扇窗户藏不住心中的秘密。"

她叹了口气，说："我不是不能接受男人，只是每一个企图接近我的男人，我一眼就能看到他身上的缺点，而那个缺点往往又是我绝不能接受的。"

我说："就像女人也都有缺点一样，其实对于我，没有缺点的女人，我反倒不敢接受，因为，最完美的，其实就是最大的缺憾。"

道理人人都懂，但分什么时间，谁来说出这道理。

她听着我的话，低头沉思一会儿，而后抬起头，看着我。

我问她："我的缺点是什么？"

她说："无耻的厚脸皮，加上好色。"

我笑，笑得很开心："我永远为自己的好色骄傲，因为这才是身心最完美的男人。"

她突然笑了，但也只是那么一瞬间。可我却发现，这个女人笑的时候和严肃时完全是两个人，她的笑容，明媚中带着一丝羞涩。

我说："你多久没有对男人笑过了？"

她低下头，犹豫了一下，说："忘了多久，因为没有碰到能让我笑的男人。"

我用手揉着她的小腿，她的小腿已经柔软，不再紧绷。

我说："你为我一笑，是否意味着，你打算把我当作你的试验田？"

她抬头，惊愕："什么试验田？"

我说："试着接受男人的试验田。"

她瞪着我，说："我并没有在你身上发现我可以接受的优点，但是……"我打断她的"但是"，接口说："我的优点就是，我有一份带着自信的浮躁，这个，是你这种冷静女人所需要的。"

她冷笑了一声，说："那咱们的试验怎么开始呢？"

我心中也在冷笑，因为我知道，无论我怎么努力，都不可能在短时间内，改变一个人固有的生活习性。

这个女人，其实从一开始接触，我就感觉到她身上对异性的那份抗拒。那是一种潜意识的，发自内心的抵抗。那种抵抗的力量，很大，大得让人生畏。

她推了我一把，说："你眼睛直勾勾的，心里使啥坏呢？"

我说："我在想咱们怎么开始试验。"

她来了兴致，问我："一般你追求女人，怎么开始的？"

我说："从眼神的触电开始。"

她好奇："怎么触电呢？"

我说："两人面部距离保持在十厘米之内，相互深情凝视十秒钟。如果在这十秒之内，咔嚓一声，接上电了……"

我停下来，故意看着她，不再说下去。

她催问："接上电以后呢？"

我说："那就直接吻下去呗。"

羽书望着我，露出示威一般的表情，但眼神中有一抹不易察觉的光。我俩彼此坐得很近，那一瞬间被我捕捉到。我感觉，那一抹光代表着一份期许，或者是，渴望吧。

于是，我笑。

让气氛轻松。

火焰山天空的那一抹骄阳，很艳，灼热不已。车里虽然开着空调，羽书的鼻翼两侧，依然有细密的汗珠。我伸手，想去抹掉她鼻翼两侧的汗渍。她躲了一下，我的手就停在半空，停在她的眼前。

笑，我笑得暧昧，说："没接触，怎么触电？"

她说："你不是说，眼神触电吗？"

我说："那你也得先适应被男人触碰呀。"

她翻了我一眼："你是男人？"

我嘴里嘟囔着："你可以验明正身，看我是不是男人。"

她气恼，一脚蹬过来，却没真的蹭到我。

我笑，说："你不是医生吗？医生眼里没有性别，这话谁说过？"

她说："这里不是手术室，再说我没怀疑你的性别。你是不是阅女无数才这么肆无忌惮地无耻？"

我正色道："女人是一本深奥的书。女人这本书，不是按数量决定质量的，读懂一本就能受益无穷。"

她问："那你读懂几本了？"

我说："这不，刚翻开一本书的扉页。"

说完，我把脸凑过去，眼睛捕捉到她慌乱的眼神，我再慢慢凑近。

她慌忙闭上眼睛，说："我还没喊'开始'呢。"

"开始。"

这句是我喊的。

她安静了，但眼睛依然闭得紧紧的，眼睫毛紧张地颤抖着。

我悄悄靠回座位，静静地看着她。

她问："好了吗？"

见我没回答，她睁开眼睛。

看着端坐在对面的我，她说："没触电吧？还好还好。"

我能听出，她装得欢快的声音里有掩饰不住的一丝失望。

我笑："你闭着眼睛，怎么可能触电？"

车门突然被拉开，老赖那张布满沧桑的脸，探进来。他抓起水杯，刚喝了一口，看看我，问："你俩干吗呢？"

我说："孙猴子调戏铁扇公主呢。"

老赖看看满脸绯红的羽书，指着我问她："脸咋那么红，你跟他亲嘴了？"

羽书脱下脚上的鞋，照着老赖就飞了过去。

/老赖的生日/

今天的晚餐是车队第一次全体聚餐。十六人围坐一张大餐桌，桌上正中间放着一盒生日蛋糕。今天是老赖的生日，主菜是一只烤全羊。

这顿饭气氛热烈，热烈得有些夸张。

生日蛋糕就摆在那里，但是所有人都在回避着生日这个话题。因为大家心里都清楚，这可能是老赖最后一个生日。点上蜡烛，让老赖吹熄。

刚要分蛋糕，羽书从外面走进来，捧着笔记本电脑，放在桌子上。电脑里的东西是老曾通过邮箱传来的一段视频。

视频里的背景是一家叫"音乐虫"的KTV歌厅。一个大包厢里，四十几个人给老赖送行。一哥们在唱歌，老赖坐在沙发上。从视频里看，老赖显得更憔悴。

老赖笑着说，这时候他刚出院，一哥们给老赖唱了一首歌。

曹磊的那首《车站》。

"火车已经离家乡/我的眼泪在流淌/把你牵挂在心肠/只有梦里再

相望/离别的伤心泪水滴落下/站台边片片离愁涌入我心上/火车已经离家乡/我的眼泪在流淌/把你牵挂在心肠/只有梦里再相望。"

录像的人，把镜头对准老赖的脸。老赖听着歌，笑着，笑得很自然。但随着歌声的起伏，他的笑容慢慢地开始凝固。虽然他依然笑着，笑得机械。镜头慢慢地拉近，歌厅昏暗的灯光下，老赖的嘴角尴尬地咧着，而那凝固着笑容的脸上已经流下了泪水。瞬间，这张脸上如刀刻般深邃的皱纹里有泪水滑过。

羽书忍不住关掉了电脑，房间里一片寂静。所有人都盯着老赖看。老赖头上戴着寿星帽，有些滑稽。

很平静地，老赖咧着嘴微笑，对大伙说："你们不是铆着劲要往我脸上抹蛋糕吗？来呀。"

看没人动，他突然伸手，在生日蛋糕上狠狠地抓了一把，抹在自己脸上。所有的女人，几乎"哇"的一声全都哭了起来。

这个晚上，我没睡踏实。另一边的老赖也几乎一夜未睡。对他，我充满了好奇。但这个晚上，我万不敢再去触碰他的内心世界。老赖自己说，全国除了新疆和台湾，他走遍了其他的省份。这次来新疆，是给自己的人生画一个句号的。

换位思考，如果是我，也会这么做。不是为了给自己画句号，而是逃避至爱亲朋每日的关心问候。

对病人来说，最令他害怕的不是疾病本身，而是别人的那份关怀。

那是一份时时的提醒。

关爱，过分了就是压力。

新疆的清晨，天际总会出现一片霞红，而空气中也总是带着不可言状的燥热。

起床时，老赖已经洗漱完毕。我看他的眼睛似乎有点肿，明显昨晚没睡好，但是他的情绪已经平复。见我起身，他打趣道："一晚上你没打呼噜，是不是惦记着铁扇公主？我敢跟你打赌，咱们这房门一打开，隔壁铁扇公主就能出来。"

我摇摇头，说："我跟她没戏，你是不了解她的情况。"

"我知道，她可能不喜欢男人，但她也正在努力接受男人。"

老赖的回答让我一惊，难道羽书跟他吐露过什么？

老赖淡淡地说："从我第一眼看到她，就知道咋回事。出来玩穿着职业装、高跟鞋，这样的女人就不正常，干净得过分，对自己形象极其重视。再说，她的条件那么优秀，如果不是她自己抗拒，找个能配上她的男人，一点不成问题。"

对老赖，我不禁刮目相看，老江湖呀。

老赖催我："你快点穿衣服，咱俩一起出门，不然我出去碰上铁扇公主，她会尴尬。"

我来了精神，边洗漱边问他："咱们打赌？"

老赖说："没问题，输了要负责早餐。"

开门，走出去。刚走到电梯旁就听到身后的走廊里有开房门的声音。

只听清脆的一声："赖哥，早。"

我一咧嘴，老赖轻轻一碰我，说："去，给公主系鞋带去。"

羽书走过来，脚往起一抬："帮我把鞋带系上。"

只好从命。

系好鞋带后，我们几个一起出门，老赖小跑着，一转眼便没了影。

我问羽书："赖哥的胃癌不能靠切除吗？"

羽书说："是他自己不让切，说做了胃大部切除，活着也就没质量了，是他自己坚决拒绝手术的。"

"难道没有别的办法？"

"有"，羽书说："微创手术，对术后生活的影响较小。但是国内这例手术最好的专家，他的手术已经排到一年后了。"

我站住，问羽书："你也是医生，跟这个专家熟不？可否联系上？"

羽书摇摇头，说："对这个专家我也是久仰，却没任何的联系。但就算是微创手术，老赖也拒绝做。"

"为什么？"我疑惑地问。

羽书摇摇头，欲言又止。突然一指前面，她说："我要吃酸奶。"

街角处有一个维吾尔族姑娘，眼睫毛忽闪，面带羞涩。面前摆着一张长条桌，上面摆满陶瓷大碗。她这是卖自制酸奶呢，三元钱一碗。新疆的维吾尔族人，几乎每家每户都自己做酸奶。

我只买了一碗，拿了两个一次性塑料勺。

羽书瞪着我："十吗不买两碗？"

我说："接受男人，就要从亲密做起，来。"

一人一个勺子，头顶着头。

我不动手，看着她吃。

一勺酸奶送进嘴里，她的脸扭曲着说："酸死了。"

我偷笑，把碗送到维吾尔族姑娘跟前。小姑娘低着头，嘻嘻笑着，往酸奶上撒了一层白砂糖。

羽书恨恨地看着我，直喘粗气。她一把夺过我手里的碗，独自吃起来。

一碗酸奶吃完，她冲着我一伸手："还想吃。"

我伸手，把她嘴角残留的一小块酸奶，蹭到我手指上，然后，若无其事地，我伸舌头把酸奶舔进嘴里。

她看着我，脸突然就红了。

对面一家包子铺里，老赖喊："要是我，就直接用舌头。"

羽书恼羞成怒，手里的小塑料勺冲着老赖就给扔过去了。

人生时常要面对一些选择。而面对选择，人往往很纠结。和老赖在一起的这些天，让我悟出一个道理，那就是其实所有的选择都是无奈的。因为既然有选择，那就意味着肯定要放弃其中的某个或某些选项。所以，既然到要选择的地步了，其实就意味着无所谓对错，也就没什么好后悔的。与其纠结于选择的烦恼，不如学会珍惜。放弃比选择更难。

叁

南疆之行

时间：2010年10月
地点：南疆

/库车路上的闲谈/

早餐后车队集结出发，今天要翻越天山。到天山山脉的南坡，我们真正的南疆行程就要开始了。这一天，也是整个南疆行程中车行时间最长的一天。目的地就是古龟兹国所在地，阿克苏地区的库车县。

这里是古丝绸之路的十字路口，这里曾留下过张骞的足迹、天竺高僧的身影。这里就是古代女儿国的地界，曾经是萨尔马特人的领地，也是匈奴人的家园。

路途遥远，路边景色单一。或者说，没有什么景色。路两边绵延不绝的，都是那种黄色山体，墙一般绵延、陡峭。山墙的纹路和质感，明显镌刻着历史的沉淀和大自然的痕迹。

由于昨晚都没睡好，加之对沿途的景色没有期待，车上四人开始哈欠连天。我和羽书坐在后排，看她歪在座位上昏昏欲睡，我拍拍腿，示意她躺过来。

羽书看看我的腿，又看看我的脸，摇了摇头。我抓过靠枕垫，垫在腿上。她把靠枕垫摆正，小心翼翼地躺下来。过了一会儿，她的呼吸均匀悠长，睡着了。

老赖笑，说："现在，老曾管你叫猴哥，你要是娶了铁扇公主，你得管老曾叫姐夫了。好玩。"

我也笑："铁扇公主，这名字还真叫起来了。"

方娟从副驾驶的位置回过头，说："你这猴子，要是娶了铁扇公主，你俩的孩子就该叫红孩儿吧？"

老赖说："胡说，红孩儿是铁扇公主和牛魔王的儿子。"

我说："说不定，孙猴子在铁扇公主肚子里也是留下了一男半女的，只是吴承恩没有写出来罢了。"

躺在我腿上的羽书，突然说话："胡说，孙猴子是在铁扇公主肚子里，又不是在子宫里，咋能让她怀孕呢？这不符合科学。"

我们几个都笑。羽书急了，睁开眼，说："肚子，就是胃，胃属于消化系统，跟生殖扯不上关系。怀孕的先决条件是子宫受孕。"

看她一脸的认真，我故意逗她："你才胡说，宫外孕就不是子宫受孕。"

羽书一下子坐起来，看着我，一本正经的样子，像个大学教授："宫外孕，严格地说，应该称为异位妊娠。"

我赶紧打断她的话，真怀疑她的日常是不是生活在真空里，开个玩笑都这么严谨、认真。

我问她："你在医学院做过教师？"

她很认真地点点头："对呀，我们医院是大学附属医院，我每年都有几十节课。"

我开玩笑说："把你的教师证给我，进景点买门票可以打折。"

她失望地说："我没带呀。"

我继续逗她，就说："学生证带没？学生证也打折。"

她垂头丧气地回答："我博士都毕业三年了，哪还有学生证？"

我都笑不出来了，实在是不好意思再逗她。我实在想象不出，在这烦躁浮华的社会中，她是怎样单纯的存在。看到她，你会知道什么叫喧嚣中的宁静。

我问老赖："昨晚的生日，你许下了什么愿望，能说吗？"

老赖说："我希望我的女儿能快乐一生，别遗传我这糟糕的身体。"

老赖的女儿，十六岁只身去了澳大利亚，这父女俩八年里才见了一面。

老赖问我："你最大的愿望是什么？"

羽书抢着说："他最大的愿望就是妻妾成群。"

方娟说："猴哥这么聪明，他才不会自找麻烦。妻妾成群，麻烦成堆。"

我没说话，看着车窗外，沉思。

我最大的愿望是啥呢？我希望有一天，如果我病入膏肓或者生不如死的时候，在风景如画的山林间，我开车时能睡着。然后就在睡梦里，我把车开落山崖，让自己无声无息地死在大山里、荒野中。谁都不知道我是死还是生，谁都别为我悲伤。亲人以为我活着，都惦记我，却不悲伤，多好，我不喜欢殡仪馆的凄苦悲凉，也不喜欢追悼会上的生离死别。

人生下来时是痛苦的，死去时为什么不能快乐一点，起码也要没有痛苦。出生的方式我没权利选择，可死的方式，我应该能自己做主。

人，从降生的那一刻起，就为了无数永不满足的欲望而绞尽脑汁，钩心斗角甚至不择手段。可到头来当生命消逝，留在这个世界的，除了一小撮骨灰，竟然没有一点完整的东西。

人活的究竟是什么？

但这样的话，我不能说出口，我不想给老赖添堵。

新疆的中午时分，北京时间下午两点，车队到达库尔勒。因为回程时还要在这里停留，所以车队不进市区。就在服务区点了简单的午餐，每人一份拉条子。羽书下车进餐厅转了一圈，走出去。餐厅不干净，还有浓重的羊膻味，这对于素食的她来说，的确难以忍受。

安排好车友的餐食，我走出来。在路边，有一个维吾尔族老妇人推着一辆自行车，车把上挂着一筐香梨。我在北京吃过库尔勒香梨，精包装的，五斤一箱，二十五元一斤。

尝了一口，老妇人卖的这香梨比北京那个相差甚远。即便如此，这香梨的果肉也是很细腻，果汁香甜，这也远不是内地所产的梨子能比的。重要的是价格，一块五一公斤。注意，是一公斤。一筐香梨二十斤，我全给买下来了，总比水好喝。

把香梨送进车后备箱，羽书正懒洋洋地靠在座位上，看到香梨，很开心。她吃了一口，也皱眉，说："这是库尔勒香梨吗？不对劲呢呀！"

我告诉她："库尔勒香梨是当地主要的农产品，香梨采摘后，最好的特等的，出口；一等的，送北上广这三大城市销售；二等的，往内地一线城市；三等的，也要卖到二线城市去，大概也能卖到十元一斤左右；只有最差的，才在当地路边销售。几毛钱一斤，你还想吃啥？"

我顺手从后备箱拿出早上准备的蛋糕，递给她。

羽书说："除了好色，你还真没啥别的缺点。你心细，挺会照顾人的。问你个问题，好色的男人会留恋旧爱吗？"

我说："会呀，我就常怀念我的初恋。"

羽书说："会不会像电影中那样，你怀念的是跟她雨中漫步的情形？"

我说："在我的记忆里，最美的不是雨中漫步，而是共同撑起的那把伞，和伞下那偷偷的一吻。"

羽书直愣愣地看着我，我走进餐厅的门口时，回头，见她依然趴在车窗上，看着我的背影。

刚走进餐厅，老赖拎着一壶水，迎面走过来对我说："把你的咖啡给我一包。"

我说："你的胃不适合喝咖啡。"

老赖说："既然生命对我来说时间所剩无几，那我必须选择质量。"

说得对，好吧，那我也不吃这拉条子了。

返回车里，冲泡了三杯咖啡，然后每人一块面包，就这么凑合着吃。

羽书突然说："你们感觉到没有，方娟神叨叨的？"然后指着我，说："方娟说你身上有阳光的味道，你来自大佛的地方。"

我点点头："她说得没错，我刚从日光城拉萨来，布达拉宫、大昭寺，都是有大佛的地方。"

羽书一指老赖，说："方娟说你身上杀气重。你身上有很多亡灵跟着，要跟你讨命。但是你有一个保驾的亡灵，很凶悍，忠心耿耿地保着你，那些想讨命的亡灵就不敢靠近你。"

老赖沉思了一下，点点头："如果真有，那这个亡灵我知道是谁。他是被我亲手送上黄泉路的。"

羽书愣了，小声说："还真有这个人呀。哎呀，你是没看过方娟的手机。"

我问："她手机怎么了？"

羽书说："一会儿她回来，你看她手机里她女儿的照片就知道了。"

老赖一口喝光杯子里的咖啡，起身去餐厅刷杯子。羽书看着老赖的背影，说：“听老曾说，老赖以前当过法警，执行过枪决任务。他没跟你说过？”

我说：“提过，没仔细说，我也没问。”

羽书叹口气，说：“方娟这人，还真神。”

我笑：“你是医生，不会也怕这些吧？”

羽书一撇嘴：“在医生眼里，这属于轻度妄想症。不过，她说你命犯桃花，我倒是相信。你这走南闯北又这么好色，声色犬马也不足为奇。我说你阅女无数，你还不承认，人家方娟都算出来了。”

斜她一眼，我没回答，喝光咖啡，拿起杯子朝餐厅走去。

洗好杯子，我靠在墙上，望着南疆蔚蓝的天空。新疆的天空和西藏完全不同。西藏的天空通透，仿佛一伸手就能捞到一片白云；而新疆的天空，蔚蓝、深邃、一望无际。

低头，我给羽书发了个短信：“有的男人外表放荡，但他的内心可以很纯洁。我可能虚伪，但我从不认为男人好色有错。我爱女人，这是天性。但我只爱值得我用心去爱的女人，我不掩饰我的情感和欲望。怀念曾经的恋情，并不意味着要让自己变成苦行僧，这是真实的生活。这世上每个人都可以声色犬马，那又如何？就像，你难道从未跟男人接吻过？”

半晌，羽书回短信：“有过一次，男人嘴好臭。”

给她回短信：“那个男人一定抽烟，也喝酒。”

她回短信：“倒霉，那天他还吃蒜了。”

我抬头，冲着蓝天，笑了起来。

▲ 行进在路上

　　在这个新疆秋天的下午，四辆黑色的越野车行进在苍凉的边疆大地上。车窗外是大漠孤烟般的荒凉，带着秋天的伤感。以前，我很喜欢秋天，尤其喜欢北方的秋天。

　　北方的秋天不像春天那样矫情，千呼万唤才姗姗而来。北方的秋天来得很突然，在你猝不及防时，眼前就突然残败遍野。一夜之间，树上的绿叶就枯萎，恋恋不舍又无可奈何地飘落满地。一天之内，秋风卷起满地的落叶漫天飞舞。

　　也不知道从哪一天起，我开始厌倦秋天。因为我成熟了，成熟男人的标志，是懂得了什么叫伤感。

秋天那种莫名的低落，会蔓延出无尽的伤感。

隔着一层车窗玻璃，也挡不住窗外的那份苍凉感漫进来。四个人都不说话。我的手台开着，但除了杂音外，没任何人的声音。

其实关于情感，我有自己的感悟。

情感，就像秋天。秋天的树叶挂在树上时，平淡无奇。只有秋叶离开树枝飘落在风中时，才最让人动容，引人伤感。每一片落叶就像情感世界里的每一段回忆。你捡一片落叶，即使它残败了你也觉得美丽。可是如果树叶翠绿的时候，你信手把它摘下来，即使你精心保存，当翠绿消失时，美丽也不复存在。所以，只有成熟的情感，才能美丽让人心动。

羽书躺在我的腿上，一直没有起来。女人对男人的依赖来自于天性，只是像羽书这样天性敏感的女人对男人有着天生的警惕性。就像现在，她虽然愿意躺在我的腿上，却一定要垫上一层枕垫她才安心。

摆弄着手机，羽书突然悄悄把手机举到我的面前。细看，手机上写着几个字："你问问方娟，咱俩前世有啥渊源。"

我抓过她的手机，打上一行字："咱俩前世是父女。"

羽书瞪着我，气得直哼哼。

/一些往事，不忍回首/

车队进入库车县的时候，天已经擦黑了。路边有两个人在等着我们，这是乌鲁木齐的朋友委托库车当地的朋友来接待我们的。

忍着饥饿，先去了库车王府。因为在王府里，末代库车王达吾提·买合苏提正等着召见我们。末代库车王现在已经风烛残年，他被称为是中国最后一位健在的王爷。

在库车王府，我们有幸见到了这位慈祥的、一点没有架子的末代王爷。老人亲切地同我们合影，眼睛里闪烁着慈祥的光芒，这可能与他一生曲折的命运有关。光阴和命运已经把王爷应有的一些东西给磨去了，只留下了一位老人。

晚饭时间已经是北京时间晚上十一点，库车的街道上也已经行人寥寥。羽书留在酒店里，疲惫的她宁可饿着也懒得再出来觅食。老赖总是兴致最高的，满走廊挨个敲门，纠集众人出去吃饭。

一行人浩浩荡荡走在库车县城昏暗的街灯下。我走在最后面，看着地上一排长长的人影，突然感觉我们很像电影里还魂的木乃伊。

羽书突然打来电话让我回去接她。估计前生我一定亏欠了这女人，今生她才会来找我麻烦。

回到酒店看到她正站在门前东张西望。你说晚上黑灯瞎火的出去吃个便饭，她咋还穿戴得这么整齐、一丝不苟呢？刚走过一条街，羽书突然拉住我，塞进我手里一件东西。

我举起，看着像眼镜盒一样的包装。

羽书说："电动牙刷，日本产的，送给你。"我说："为啥送我这个？"羽书说："男人的口臭，都是因为不仔细刷牙。"

我突然探过头，在她嘴唇上轻轻吻一下，旋即闪开。

我问她："你闻到我口臭了？"

羽书瞪着无辜的眼神，茫然地看着我，摇摇头。

我说："男人口臭，多是抽烟喝酒导致的，但也不是所有男人都口臭，明白没？"

我转身走，她跟在后面。她一把拉住我，嚷道："你刚才吻了我？你征求我的意见了吗？谁同意你吻我的？"

我说："我同意的，嘴唇长在我嘴上，我说了算。"

"可你亲的是我！"她大声嚷着。

我回头，看着她，说："对不起，这次忘了请示你。要不，咱们重新来过？"

羽书一甩手，气呼呼地往前走。

那天晚上，饭后回到酒店的老赖显得很兴奋。冲过澡，躺在床上，老赖点燃一支烟。窗帘没拉，窗外一轮弯月皎洁、明亮，只有安静的街道，仿佛这是个无人的城市。若有若无的电视音从隔壁的房间不时传过来。

有人敲门。打开。是羽书和方娟，头发湿漉漉的，穿着睡衣，身上还裹着薄被子，趿拉着拖鞋挤进来。两人毫不客气地坐到我的床上，我更不客气，也往床上挤，不幸被驱赶下来。两人是来听老赖讲故事的。

老赖光着膀子坐在床上，吸着烟，看着窗外。沉思半晌，开始讲他最不愿回忆的那段经历。

老赖到法院做了一名法警。他曾天真地以为，法警的任务就只是维护法庭秩序，协助执行庭执行罚没任务。直到一个月后，临近春节时，当执行庭长找到他，给他布置执行枪决人犯的任务时，他一下子傻了眼。老赖从小就是个混不吝，到处打架，惹是生非。但，枪毙人，这事一听就让他头皮发麻。老赖头摇得拨浪鼓一般，这任务死活不接受。执行庭长也态度明确，拒绝执行任务就得开除出法警队伍。

那天晚上，老赖一个人在街边的小酒馆，喝了一瓶五十二度的白酒，又喝了五瓶啤酒，他想麻醉自己，却越喝越清醒，越喝越精神。

半夜，老赖才恹恹地回到家。老赖说，很奇怪，那晚喝了那么多的酒，他走路居然一点没趔趄。

家里，老赖的大哥正等着他。老赖母亲在他四岁时病逝，父亲一直住在乡下老赖的姑姑家。

老赖的哥哥大老赖十九岁。老赖最初是跟着哥哥学中国式摔跤，后来被散打教练看中，就挖了他哥哥的墙角，把老赖招进了散打队。

对老赖来说，兄长如父。从小，他就习惯了听从兄长的教诲。显然，法院领导找过老赖的大哥。大哥只对老赖说了一件事，在老赖一周岁生日的时候，家里来了一个老头。老头很奇怪，给饭不吃，给钱不收，执意要一杯白酒喝。老赖的父亲喜欢喝酒，就给这老头倒了一杯白酒，老头一饮而尽。然后看着床上的老赖，说："此子掌心断纹，眉眼带着凶虐之气，长大后定是个惹祸的主，而且，此子有血光之事。不是他杀人，就是人杀他。"

听了大哥的话，老赖酒劲上来，哇哇地吐。醉了。

第二天，老赖接受了执行枪决的任务。上午和检察院、法院执行庭一起到监狱提审犯人，验明正身后，将犯人押入死囚牢，二十四小时全天候监控。那个死囚是个杀人犯。是因为赌博，输钱后杀人。杀的居然是自己的姐夫。

这是老赖长这么大，第一次和死囚面对面。而且这死囚，即将由自己亲手枪决。死囚提出来的时候，老赖居然没敢看一眼。直到他的领导，执行庭的老庭长走过来在老赖的后背，悄悄捅了一下，示意他必须面对死囚。老赖这才转过头，面对死囚。死囚才二十七岁，腿有点瘸。消瘦，面色惨白，是那种长久不见阳光的惨白。两眼浑浊，头微微地发抖。老赖看着他在文件上签字。那手，抖呀抖，字签得歪歪扭扭。

老赖掐掉烟蒂，长出一口气，说，那天，走出监狱的大门，他抬头望着蓝天，第一次觉得空气是甜丝丝的。那时他才有一个感觉，活着真好。

执行完这次任务，老赖休了三天假。当晚，他召集一帮朋友，喝得酩酊大醉。回到家，一头倒在床上，睡了一天一夜。

上班后，老庭长表扬他，说是法院有史以来心理素质最好的枪手。老赖听不得激励的话，老庭长一表扬，老赖就飘飘然。在那以后的一年中，他执行了七次枪决任务，这是个让人咋舌的记录。

转眼，又是一年春节前。这天，老赖又接到执行任务。上午和法院、检察院的人一起来到监狱。老赖看到死囚的一瞬，惊呆了。死囚不到三十岁，铁青的脸色，鹰钩鼻子，高颧骨，卧蚕眉。这是老赖的大师兄。

当年老赖刚进入散打队时，因为散打动作里有摔跤的动作，而老赖的摔跤技术又很专业。所以，拳脚上他占下风，但是结合摔跤的动作比拼，他不输于同龄队员。但是，老赖唯独赢不了一个人，就是大师兄。不但赢不了，每次跟大师兄对练，老赖都会被摔打得很惨。最让老赖郁闷的是，他赖以成名的摔跤技法，在大师兄这里，简直不堪一击。老赖属于那种很机灵但也很会使坏的家伙。他用医用胶带，把几枚图钉黏在训练背心的肩上，图钉尖冲外。然后，若无其事地去找大师兄挑衅。大师兄不知情，就上了当。

两人　照面，大师兄一把抓住老赖的双肩，老赖暗自得意地看着大师兄的脸，等着大师兄惨叫、出糗。让老赖失望了，大师兄抓住他的肩，只是皱了一下眉头，脸色立刻阴沉起来。闷不作声，也不松手，铁青着脸，一扭身，一个背胯，把老赖凌空狠狠摔下去。老赖被摔得发懵，没等他缓过神来，又被大师兄抓起来，狠狠地摔出来。

老赖说到这儿，摸着下巴嘿嘿地笑。说，那天他都不记得被大师兄摔了多少下，只知道最后被摔得尿了裤子。大师兄看着他的惨样，只是闷哼了一声，攥着拳头，转身走了。留在老赖训练服肩上的是斑斑的血迹。那以后，老赖服了，对大师兄是死心塌地的服。大师兄家是农村的，结婚早，退役也早。等老赖拿到全国比赛冠军时，大师兄已经退役。但是，老赖说，大师兄在队里的时候，对他最照顾。后来他才知道，其实大师兄是老赖大哥的弟子。

老赖跟大师兄在一起待了四年，那四年是老赖最幸福的四年。虽然大师兄跟他对练时从不留情，甚至比对任何人下手都要重。但那四年，也是老赖散打技术水平提高最快的四年。生活里，老赖的所有衣服，包括袜子、裤衩，都是大师兄给洗的。大师兄的老婆给送来好吃的，也从来都是两份，而且，老赖那份一定比大师兄的还要多。

说到这儿，老赖明显有些激动。他又拿出一支茶叶制成的烟。点烟时，他的手一直在抖。我夺过打火机，帮他点着烟。狠狠地吸了一口烟，老赖说："我最爱吃大嫂包的饺子，芹菜肉馅的。"

那时候，每次大嫂送来饺子，大师兄就把两盒饺子混一起，让老赖先吃。大师兄借口有事，躲出去，等老赖吃完，他才回来。每回等他回来，那饺子被老赖吃的也就剩十几个了。

老赖弹了一下烟灰，揉着鼻子说："那时候年龄小，真不懂事呀。"舔了舔嘴唇，老赖说："那饺子真好吃呀，现在想想，还馋得腮帮子发酸。可惜，再也没吃过那么好吃的芹菜肉馅饺子。"我说："等回去，我给你包。我做的饺子馅也算一绝，不就芹菜肉馅的嘛？"

老赖看看我，说："大师兄死后，我再也不能吃芹菜肉馅饺子。每次吃，都会胃疼，痉挛地疼。"

我无语。看着老赖，灯光下，他的眼睛，有什么东西发亮，一闪就不见了。突然，我感到，我的胃在隐隐作痛。

房间里很安静，羽书和方娟都曲膝而坐，眼睛不眨地盯着老赖。老赖掐灭烟，说："睡去吧，快后半夜了，明天再讲。"

羽书说："不行，不听完睡不着。"

老赖叹息了一声，说："恐怕听完，你更睡不着了。"

大师兄退役的第一年，老赖跟他联系还很密切。后来，大师兄回到乡下，承包了一个砖厂。渐渐地，俩人的联系不是那么勤了。大半年前，俩人还聚过一次。大师兄那时状态很好，意气风发。因为那时国家刚刚开始开展规模基础建设，建材需求量激增，大师兄的砖厂非常红火。而如今，再见面时，老赖是行刑者，大师兄成了死囚。

后来，老赖才了解到，就在大半年前，和老赖聚过后不久，乡长的妹夫眼红大师兄的砖厂。于是由乡里出面，要收回砖厂。大师兄合同在手，根本不吃这一套。后来，乡长带着人准备强收砖厂，但来人被大师兄打跑。

一天晚上，大师兄被乡长请去喝酒并商讨回收砖厂的赔偿方案。其实，那时大师兄也想放弃了，只要对方给出合理的补偿。在城里混了这么多年，大师兄还是希望能进城定居，为了自己，也为了孩子。但是那晚，大师兄被灌醉了，醒来，骑着摩托车回到砖厂时，砖厂已经被一场大火烧毁。大师兄的老婆孩子都跟大师兄一起吃住在砖厂。很不幸，老婆孩子被烧死在砖厂的废墟里。据说，看到被烧毁的废墟，大师兄一滴眼泪都没掉，只是跪下来，磕了两个头，骑上摩托，就消失在夜色里。第二天早上，乡长被杀死在自家门前。第二天晚上，乡长的小舅子，一家四口被灭门、并且被焚尸。然后，大师兄被抓。被捕时，大师兄没有任何反抗。

提审室里，大师兄看到老赖，一点都没觉得意外。他轻轻对老赖点点头，脸上浮出熟悉的微笑，对老赖说："很好，兄弟，你能最后送哥哥上路，我很开心。"老赖傻了，愣在那里，魂都丢了。

从监狱出来，老赖做了两件事——给大师兄买了套新衣服，是一套崭新的、红色的运动服。大师兄一辈子最喜欢的就是运动服。第二件事，找到领导请求回避。领导批准了老赖的回避请求，他被任命为法场执行官。枪手的任务交给一个从部队退伍的、新近分配来的法警。

刑场上，老赖戴着大墨镜，站在不远处。眼看着押解大师兄的囚车进入法场。大师兄自己从车上跳下来，站定，视线扫视着法场，终于看到老赖。点点头，微微一笑。剃着光头的大师兄，穿着红色的运

88

动服，那一笑，没有凄惨，但却透着诡异。

老赖做了个深呼吸，然后，还给大师兄一个微笑。

这个世界上，大师兄已经没有至亲的人，他可以了无牵挂地走了。没有人拖拽，大师兄一步一个脚印，自己走到了行刑位置。侧身，左腿先跪下。回头，看了一眼站在身后不远处的老赖，再把右腿跪下。挺直的腰板，倔强不屈的光头。老赖不忍再看，墨镜后的眼睛，紧紧地闭上。

一声清脆的枪响。老赖能听到执行的枪手从自己身边跑过，脚步声慌乱。枪手慌张地钻进等候在一旁的吉普车扬长而去，卷起满地的尘土。

……

老赖不知道自己怎么离开法场的。那天晚上，老赖第一次做了噩梦。梦到一个人，穿着红色的衣服，一直跟着他，他却看不清那个人的脸。说到这儿，老赖长出一口气。我注意到，老赖双手的中指抖着，抖得厉害。

羽书突然从床上蹦下来，过去摸了摸老赖的额头，又摸了一下老赖的手，回头吩咐我烧一壶开水。旋即，她冲出房门，光着脚丫子，跑回自己的房间。我这边手忙脚乱的，刚把水烧上，羽书拎着急救包就冲了进来，给老赖挂上一瓶输液。这时再看老赖的脸色，灰白，额头上有豆大的汗珠渗出。水烧开，给老赖冲了一杯温蜂蜜水，喂他喝下去。

过一会儿，老赖的脸色泛起一点红晕，额头的冷汗也消失了。

羽书长舒一口气，说："对不起，不该让你讲下去。"

老赖嘿嘿地笑，说："我不是情绪感染的胃疼，是饿的。"

方娟说："有些男人，撒谎的时候都那么可爱。不过，我还是给你拿块蛋糕去吧。"

我望着老赖，此时他很安静地躺着，闭着眼睛，看似很平静。但我相信，此时的他，内心一定在翻江倒海。

此刻，房间里已经安静下来。

看看床上的老赖已经发出均匀又轻微的鼾声，方娟和羽书打着哈欠要回房间。刚打开门，走廊里传来了吵闹声。

/我们在意的，是什么？/

清晨，餐后。车队出发。

车队先沿着G217北行，目标，探访天山山麓的神秘红峡谷。这一路上，车队基本都是沿着库车河谷前行。

库车河，发源于天山山脉的哈里克塔乌山东段的木孜塔格山，由融化的积雪和山泉水汇流而成。库车河水，灌溉着库车县接近三十万亩的良田和牧场。也因为有库车河水的经过，天山南、塔克拉玛干北、新和、沙雅、库车、拜城这一大片绿洲才得以维系。

从车前窗放眼望去，人就好像进入了陕北的黄土高原。一望无际的黄土沟壑，无边无际似火烧过的赤色山岩。在蓝天的映衬下，山岩红得诡异、刺眼。大自然的鬼斧神工，在这里展现得淋漓尽致。

老赖开车，我坐在他身边的副驾位置。他的眼睛里有血丝，看出来昨晚睡眠不好，但他的精神头很足。眼前的景色让他感受到了一份豪迈。从开车起，他就一直扯着沙哑的嗓子唱着歌，几乎都是成龙的歌，什么"壮志在我胸"，"男儿当自强"。唱到后来，羽书和方娟也来了兴致，配合着老赖，把成龙所有男女对唱的歌都唱了个遍。

车窗外的阳光，温暖又暧昧。车里尽是浓浓的人情味，暖融融的。

人，走在路上，无论去哪里，无论什么样的天气，也无论什么心情，记得，带上自己的阳光就能温暖自己，温暖别人。

天山，是一座神奇的山脉。在库车县城北七十公里处，有一座名叫克孜利亚的峡谷。克孜利亚，意思就是红色的山崖。对外的宣传把这里叫神秘大峡谷。

峡谷内，山体高大，山坡陡峭，峡谷狭长。山体由红色岩石和粗砂砾石组成。峡谷中沟谷纵横交错，峰峦叠嶂，形态奇异。人一走入山谷，抬头仰望，会顿感自己的渺小。走入峡谷之后，里面道路虽狭小却异常的平坦，而且全部由细沙铺成，间或路边或路中有小水流渗出。别小瞧渗出的这一点点水，两侧崖壁上清晰的条纹和脚下这平坦的小路都可能是这流水的功力所致。细想之不觉大惊：这峡谷里，曾经发多大的水，才能有如此的效果啊，那可是几十米高的崖壁啊！穿越过每一条峡谷，极目仰望，那些奇形怪状的山石都似有很多的传说和故事。

走在这红色的狭长的山谷中，人会感到压抑。我回头寻找，没看到老赖的身影，往常紧跟在我身后的羽书也不见了踪影。我惦记老赖的身体，急忙往外走。

大门口一家餐厅门外，老赖懒洋洋地坐在一张茶桌前。茶桌上放着一壶茶、两个杯。老赖的手里燃着一支烟。对面，羽书的面前，一杯咖啡。她捧着一本书，正在惬意地翻看着。阳光洒在她的身上，凝固了她的那一份安逸。

看我过来，老赖把一个茶杯推到我面前。看来，他在等我，等我过来陪他品茶，仿佛他早知道，看不到他，我会来找他。

三个人，抵足而坐。眼前，是红色的神秘大峡谷。头上，是新疆的蓝天白云。旷野的风，吹拂而过，微醺着每一个人的心田。一壶茶、一支烟。我喜欢这样的时光，喜欢这样活着。

在神秘大峡谷景区门前的餐厅简单解决午餐后，继续奔驰上路。目的地，克孜尔千佛洞。

在此之前，我到过中国著名的四大石窟。但是，对那些璀璨的古文明文化遗产，我真的没一点感觉。说到底，我不过就一俗人。走在路上，能让我记住的美食多于景色。这四大石窟，给我留下印象最深的是敦煌的莫高石窟，我记住了那儿的驴肉黄面和酿皮子；在大同云冈石窟，我记住了大同莜面和大同油糕；在洛阳的龙门石窟，我记住了那儿的胡辣汤和牛肉汤；在麦积山石窟，我记住了那儿的天水呱呱、天水油酥饼。

民以食为天，我为自己是个吃货而自豪。但是，比美食更让我难以忘怀的，是路上遇到的人。

老赖：他在用最悲壮的心境，品味着生活最后留给他的滋味。每天的早上，他都要出去跑步，希望用锻炼身体的方式击退病魔，尽量

挽留生命。车队订的酒店，一定是可以提供早餐的酒店。但老赖几乎没有在酒店吃过早餐。每天早上跑步回来，他都满街寻找没吃过的各种小吃。其实，我一直在暗地里观察。他吃的，只是滋味。因为很多东西，他的胃都已经无法承受。老赖每天吃饭时，做的最多的动作就是，嚼几口，再用餐巾纸擦嘴，悄悄把食物吐掉。他把滋味，留在了心里，留在了记忆中。

羽书：她在探索着人生的味道。虽然，她也走过了人生的一半路程。但是，她走的路太简单，路上也太冷清。现在，她拐过一条岔路口。豁然地看到了不一样的风景，遇到了不一样的人。对她来说，生活为她打开了一道心门。虽然，一开始会有些不适应。但，她比谁都明白，这才是生活，才是活着的味道。

方娟：方娟的内心世界，不是我这等俗人所能探求的。她的外表和她内心真实的世界迥然不同，她更像一个灵异片的导演，每天都在现实的蓝天白云朗朗乾坤与摄影棚里的那些不见天日的场景间转换着。但是，她还是一个人，一个真实的、有血有肉的人。她比之老赖，更懂得享受生活，更懂得珍惜。所以，她喜欢喝酒，喜欢在酒中品味人生的酸甜苦辣咸。她喜欢购物，车的后备箱里总是塞满了她购买的各种奇形怪状的东西。这是个聪慧的女人，她懂得怎么运用钱去购买乐趣。比之羽书，方娟活得自在、惬意。她能游刃有余周旋在各种人中间，不论什么样的场合，她都不会是主角，但，她也不会被忽略。她是生活中最个性鲜明的配角，她的故事和经历永远是酒桌上的谈资。

我：我只是别人生活里的过客，我会成为别人的话题，别人亦是我眼中的风景。我不在的聚会上，常常有人谈起我。而谈起我的那些人，也常常出现在我的回忆里。在这个世界上活着，能被别人谈起，是幸运的，因为你没有被忘记。被忘记的人是孤独的人。我会常想起朋友，我也会被大多数人牵挂。被人牵挂是一种幸福。茫茫人海中，与人相知是一种骄傲，人生的旅途中能多一个人相伴，无论那个人是同性还是异性，那都是一种福气。红尘多烦扰，有人常问候，是一种慰藉。

下午三点多，到达克孜尔千佛洞。这个时间的新疆，正是一天中最热的时候，干热的空气让呼吸都变得火辣。

克孜尔千佛洞位于库车和拜城之间，在克孜尔乡南约七公里处的木扎提河北岸。它背依明屋达格山，南临木扎提河和雀尔达格山。渭干河从这里蜿蜒流过。河水使这里绿树成荫、环境优雅。这里还是新疆著名的古代文物遗迹的旅游胜地。

克孜尔石窟坐落于悬崖峭壁之上，绵延数千公里。现已编号的二百三十六个洞窟分布在明屋达格山的山麓或峭壁断崖上。其中窟形较完整、壁画保存较完好的洞窟有八十多个，壁画总面积约一万平方米。它是我国开凿最早、地理位置最西的大型石窟群。大约开凿于公元3世纪，在公元8—9世纪逐渐停建，延续时间之长在世界史上都是绝无仅有的。

由于西方列强的掠夺，现存的千佛洞已然满目疮痍，大多数洞窟

内的石像都已不复存在，墙上的壁画也已经被切割并偷盗一空。

我去过中国的四大石窟，去的时候都是带着恭敬和敬仰的心情。

大概和我受教育的程度有关吧，我对这些灿烂的古文明，真的一窍不通。我觉得，这样的地方就适合专业人士。

幸好，我们的景区讲解员，一个孙姓小伙子，才二十一岁，是很敬业的优秀讲解员。他把千佛洞的野史、正史、传说和坊间的各种故事融入讲解词中，他的讲解让残败晦涩的千佛洞有了生动的立体感。

据小孙介绍，原本属于这里的文物，现在大都存放在德国的柏林印度艺术博物馆。而那些把文物运出国境的偷盗者中，最著名的是德国柏林民俗博物馆考古队的勒柯克和英国的斯坦因等，其中勒柯克更是因此腰缠万贯。

其实残存下来的，真的是少之又少了。但即使是这样，也能够窥其全貌。那颜色的运用和讲叙的佛教故事的体例，都是内地不常见的风格。

/阿克苏的烤肉以及我的故事/

当晚，踏着夜色，披着一身的疲惫，进驻阿克苏。阿克苏市，位于塔克拉玛干大沙漠的西北边缘，塔里木河上游。这座城市因水得名，因为它的意思就是白水城。这里为秦汉时期西域三十六国中姑墨和温宿两国的领地，也是古丝绸之路上的重要驿站。同时，这里也是龟兹文化和多浪文化的发源地，有"塞上江南"的美誉。阿克苏最为驰名的是水果和石油。苹果尤其出名，是中国红富士苹果之乡。

入住酒店，已经是当地时间晚上十点多，刚刚洗了把脸，老赖就拉开门，在走廊里喊着，张罗人出去吃饭。这家伙，精力旺盛。但是，他这看似旺盛的精力也让人心酸，总让人有回光返照之感。

老赖有着与生俱来的领袖气质，他的一言一行很有煽动力。他的沙哑嗓音还在走廊里回荡着。陆续地，各个房间门相继打开，我们的车友一身疲惫走出来。很意外，羽书也出来了。平时晚饭她都宁可在房间吃方便面也懒得再出去的。今晚，她倒是主动跟着一起吃饭。只是刚走到走廊，她就疲惫地靠在墙上。

车队进市区的时候，路过阿克苏的夜市。我和老赖在车上就已经瞄准了夜市里最大的一家烤肉店。夜市离我们住的酒店不远，隔一条街。十多分钟，步行过去，找到那家烤肉店。

烤肉店的老板是一位六十多岁的维吾尔族老者。这老板非常有意思，他曾在黑龙江的齐齐哈尔市开过三年烤肉店。能听懂普通话，会说三句东北话——"傻了吧唧的""扯王八犊子""买单"。

这家的烤肉非常地道，拌的小菜也好吃。老板走南闯北的，很狡猾。你要喊他加点免费的小菜，他就会立刻装出一脸迷茫，啥都听不懂的样子。你要喊他上烤肉、上啤酒，他都能听得懂。每次端着一盘烤肉送上来，他都会大声地喊："傻啦吧唧的，烤肉来了。"

羽书不吃肉，坐在我身边，愁眉苦脸地看着我们吃。我起身，带着她去马路对面的小川菜馆。她要了一份担担面、一份姜汁拌皮蛋，吃得眉开眼笑。看她吃得开心，我问她："你知道老赖的家庭情况吗？"

羽书摇摇头，说："听我姐夫说，老赖的前妻脑溢血去逝好多年了。他现在的老婆在街道办工作，比老赖小十多岁。老赖和第一个老婆有个孩子，好像在澳大利亚，怎么了？"

我摇摇头，想了想，说："不是我想八卦，只是觉得奇怪，他已经病入膏肓，按理说，老婆该陪着出来照顾他。可是，这些天我跟他朝夕相处的，就从来没听他接到过老婆的电话。当然，也没见他给老婆打过电话。"

羽书不以为然地说："或许人家夫妻俩发短信呗。"我没说话，但心里隐约觉得，不是那么回事。

羽书吃完，回到烤肉店。烤肉店的老板正端上一小盆蒸鸡蛋羹。这是应老赖的请求，烤肉店的老板亲自给蒸的。老板说，这是他在齐齐哈尔时学的。我估计，老赖的胃受不了连续吃烤肉。

这一小盆鸡蛋羹顿时成了桌上的焦点。所有人都举起了勺子，准备下手。狼多肉少的局面下，老赖说话了。他嘿嘿一笑，拦住大家，说：“我出个谜语，猜出来的，可以吃一口鸡蛋羹。”

大家都放下勺子，看着他。我看着老赖眯起的小眼睛，心知这家伙要出损招。

果然，老赖慢条斯理地说：“有一胖子要减肥。早上起米，先称完体重，就去厕所拉一大泡屎，回来再称体重，居然和拉之前一点不差。咋回事？”

我拿起勺子，举起，说：“胖子拉裤裆里了。”

老赖一拍桌子，竖起大拇指：“回答正确。”

所有的人，看着那小盆黄澄澄的蒸鸡蛋羹，都隐隐地开始反胃。这一小盆蒸鸡蛋羹，再也没人动，除了我和老赖。我和老赖吃得很安逸。方娟气得骂我俩：“见过缺德鬼，没见过一对缺德鬼。”

意外地，羽书也拿起勺跟着吃了起来。我看着她，悄悄夸她：“你这心理素质真好，这你都能吃得下。”

羽书一撇嘴：“我们在手术室，见过的多了。再说，你不知道吧，我刚从非洲医疗队回来，你知道我在非洲都吃的啥吗？”

还没等羽书说下去，满桌的人一下子全散了。

阿克苏的夜晚，宁静而美丽。街道上，川流不息的车流，五光十色的霓虹灯，繁华程度不比内地一些小城市差。只是，空气中那浓香的烤肉味，那操着维吾尔语的叫卖声，还有店铺里的民族音乐，这些都是内地城市不具备的。

从烤肉店出来，远处有一家大酒店，无比喧嚣。我和老赖都属于爱凑热闹的人，就悄悄钻进那家热闹的酒店。原来这里在举行婚礼。即便是按当地的时间算，此时也已经半夜了，但看那些宾客狂欢的架势，似乎这婚礼刚刚才到高潮。我和老赖拎着相机，在人群里穿行、寻找新娘。很失望，转了好几圈，都没找到新娘。

老赖拉着我往外走，说："这时间，新娘早就入洞房了。赶紧吧，这味道真受不了。"我笑，敢情你也有受不了的。

出来后，老赖仰望着天空，深深吸了几口新鲜空气，回头看着我，说："行，你比我耐力好，那里面的味儿你都能承受。"

我无所谓地说："当年，我在欧洲游历过两年，其中有一年全在俄罗斯转悠。俄罗斯的商场，一到夏天，狐臭味道之浓，绝对惊天地泣鬼神。跟那个味儿比，这个是小儿科。"

老赖左右看看，突然问我："你那个铁扇公主呢？咋没做你的跟屁虫？"

我也左右看看，还真没见她人影。估计这工夫，羽书早就和周公约会去了。

电话突然响起，老曾来电。接起电话，老曾的嗓门依然震得我耳朵疼："老猴子！我明天飞喀什，你们明儿几点能到？"从声音就能判断这老小子心情不错。

我回他："明天还是那个时间到。"

他纳闷："还是哪个时间？那是哪个时间呀？"

我说："就是我们到的那个时间，真磨叽你。"

老曾知道我跟他从没正经话，于是他也开始调侃我："我说老猴子，你跟我小姨子进展到哪儿了？听我小姨子说，你亲她了？"

羽书居然把这个都告诉老曾？真不知道她是单纯，还是天真过头。

我说："这你都知道，你跟这小姨子看来无话不说。得，你这小姨子我不敢要了。"

老曾哈哈笑，说："小心眼吧你，诈你的。不过，还真让我给诈出来了。跟你说，我那小姨子，你碰一个手指头，都得收着，且不得退货。"

一旁，老赖嘿嘿地笑。我故意不回答，听着老曾信口雌黄。老曾自己说着，发现我不接茬，觉得有点无聊，问我："你们明天直接到喀什，还是途中有安排？"

我告诉他，明天要去猎鹰之乡阿合奇。

放下电话，我跟老赖说："我敢打赌，这老曾明天一下飞机，就能包个车去阿合奇跟咱们会合。"

老赖没理我的茬，而是笑眯眯地问我："你跟羽书会有情况吗？如果你俩能有情况，到了喀什，我给你们机会。"

我也笑眯眯地看着老赖，问他："明早你打算吃啥小吃？中午想吃啥？"

老赖愣了一下，说："明天的事，谁能知道呀。"

看我盯着他不说话，老赖醒悟。没发生的事，谁都无法预料。

我说："老曾派羽书来照顾你，又委托我来照顾羽书。羽书照顾你，是医生对病人，加上一些亲情。我照顾羽书，是亲情和关怀，加上一点医道。你的病在身上，羽书的病在心理。其实，这世界上，每一个人都是病人，有的也只是身体和心理的区别而已。"

老赖问："那你的病呢，在哪里？"

我抬头，看看天空。是呀，我的病，在哪里？谁能告诉我？

也许，我的病在于满足感的缺失。我一直走在路上，一直寻找着心中理想的世外桃源、人间仙境。就像一个人站在起点时，看着终点的风景会觉得无限美好，无比向往。等我真正跑到了终点，却发现，除了回味，其他一无所获。往往我费力地跑到终点，却会感慨不如停留在半途。

于是，我渐渐发现，旅行于我来说，最激动的是出发时，最美好的是回忆时。所以，我愿意把旅行的故事讲给别人听。给别人讲故事，常能带起我美好的回忆。

回忆就像那天际的云，美丽，缥缈。如果能有个人坐在我对面，认真倾听，我和她，无疑都是幸福的。

我和老赖，慢慢走着、聊着。到酒店门前时，羽书和方娟不知从哪儿冒了出来。

羽书走过来，说："走，去你房间。"

语气还是那么的冷冰冰，但说出来的话却够吓人的。

我故作矜持，看着她说："你去我房间，让老赖去你房间睡？"

老赖在一边看着方娟，笑，说："朕正有此意。"

"呸。"

羽书啐了一声："我姐夫明天就到了，我得跟你对一下账，明天好跟他交差。"

我突然闻到了酒味："你喝酒了？"

羽书理直气壮地说："喝了。"

看这架势，好像没少喝。

身边，方娟笑着说："那边有一个烤面筋的，羽书吃了三串烤面筋，喝了三瓶啤酒。"

我回头，上下打量着羽书，问她："喝了三瓶啤酒，没上厕所？"

这句话仿佛提醒了她，羽书转身就往酒店走，走得又快又急。我追上去两步，一把拉住她。羽书估计是憋急了，一低头，照着我抓她的手狠狠地咬了一口，趁我松手急忙逃走。

方娟在后面笑，举着手里的方便袋说："铁扇公主没喝够呢，这不，又买了这么多的啤酒，一会儿去你们房间接着喝。"

这姑奶奶，这是哪根神经搭错了。

回到房间。

酒店房间的灯很昏黄。窗外，夜色笼罩着夜都市的霓虹，霓虹在夜色中幻化出梦幻般的色彩。

夜已深。

街道依旧霓虹闪烁，五彩斑斓。霓虹那迷离的斑斓色彩透过窗棂挤进房间，闪在人的脸上，有种梦幻般的怪异。不远处的夜市，依旧人声嘈杂，热闹如白昼。

这是这座城市的一道风景线。我喜欢这样的城市夜晚，因为有着鲜活的味道。如同我生活的东北城市，每到夏天的夜晚，街边烧烤摊上，男人光着膀子，脚下踩着啤酒箱子，大瓶喝酒，大块吃肉。这是活着的滋味。

身后，老赖的电话响起。他接起电话，能听得出这是他老婆打过来的。不知道为啥，我松了一口气。他的身体已经如此，我真的不希望他的生活里再有坎坷。

羽书和方娟拎着食品袋进来，我咧嘴，看来这俩女人今晚要通宵拼酒。老赖看了看茶桌上的各种食品和啤酒，也来了兴致，跟我要了两袋咖啡。一般人喝完咖啡会亢奋失眠，老赖喝完就犯困，如果连着喝完两杯咖啡，他坐着都能睡着。

拿出这几天花销的清单，其实是很简单的账单，几乎一目了然。和羽书的账单查对一下，无误。差不多只用了两分钟，就做完了清单的核对。

羽书启开一罐啤酒，递给我，我摆手。

平时我尚且滴酒不沾，现在带队，我更是远离任何含有酒精的饮料。羽书也不勉强，和方娟碰杯，两人一仰头，一口气喝干一罐啤酒。我和老赖对视，苦笑。在东北，有个酒桌上的潜规则——遇见敢端杯的女人，你就千万别跟她拼酒。

放下杯子，羽书看了一眼腕表，说："我们想听你的故事，半小时，说完就休息。"

我疑惑，我的故事？

方娟笑眯眯地说："你的婚姻的事，不是我们想听，是她想听。"指着羽书，方娟眯着眼，笑得满含深意。

一个女人主动了解一个男人的过去，鬼都知道这意味着啥。

我看着羽书，酒精烧红了她的脸颊，也烧亮了她的眼睛。她的脸，看起来就像九月的水蜜桃，柔润，泛着红晕。昏黄的灯光为她的脸镀上了一层柔光。这才是女人。

冷冰冰的女人，不一定就是冰美人。羽书应该是活火山的那种女人——外表，褐色、冰冷、坚硬；内心，熔岩暗涌。

我也看了一眼表，说："我不知道从哪儿说起，也不知道该说啥。"

羽书说："其实简单，结婚的理由都知道，因为爱。离婚的理由也无非是过不下去了。只是，从这段失败的婚姻里，你总结了什么，这是最重要的。"

其实，这个问题，我私下里反思过无数次。

所以，我很简洁地回答："当激情的悸动和内心的渴望渐渐淡去，婚姻生活里，需要我们用耐心和包容来守候剩下的一切。还有，我认为婚前需要认真了解彼此的生活习性、品味、情调是不是可以契合。而这些，都不是靠一个爱字，就能办到的。"

羽书想了想，说："如果生活可以倒带，你会怎样重新演绎你的婚姻生活？"

我说："我的儿子从出生开始，每年到他的生日，我都给他拍照留念。我写育儿日记，记录他成长的点点滴滴。但我忽视了这个方法也可以用在婚后的生活里。如果可以倒带，我会在婚姻生活里开一个文档，夫妻一起每天写一篇日记，记录两人之间的喜怒哀乐。我想，这应该是婚姻生活里最好的调节剂。因为，中国人的性格还是含蓄的，很多事不善于当面表达。而文字，最能表达内心的情感吧。"

方娟感叹一声，说："婚姻生活里，平淡、惯性是最大的杀手。"

这个，我同意。当婚姻的卧房里，在那张硕大的双人床中间，无形竖起一块玻璃屏风时，婚姻的危机就已经开始。那块隔着两个人内心体温的玻璃，最初是薄脆的，轻轻一敲就会破碎。但，因为淡漠，可能会疏忽而暂时不敲碎它。当这块玻璃慢慢地变得坚固结实，当它被淡漠的惯性模糊成磨砂玻璃，当男人和女人的交流变成仿佛隔着玻璃的拥抱，婚姻在这个时候实际已经名存实亡了。隔着玻璃的拥抱，只有冷冰冰的动作却没有一丝的温度。没有温度的拥抱是可悲的。

老赖喝掉最后一口咖啡，做了总结性发言，他指着我说："你不是常说，没发生的事，谁都无法预料？所以，在这里讨论婚姻其实没多大意义。不如……"老赖坏笑着，"那句话怎么说的？心动不如行动，要不现在就多了解彼此，我躲出去，与人方便。"

　　羽书啐了一口："你少来，我只是对他过去的生活好奇。"

　　老赖假装惊讶："你今晚突然喝酒，我还以为你下了决心要跟他呢。"

　　羽书突然眉开眼笑，说："我开心，所以喝酒。因为我姐怀孕了，我就要做小姨了。"

　　我和老赖面面相觑。这老曾，四十出头的了，佩服。

/惊魂！/

次日，去往阿合奇的路上。

新疆的秋天和东北一样，色彩丰富而艳丽。硕果累累的秋季总是特别地令人欢愉，这是丰收的季节。

金黄色布满田野，就像中秋的月光温柔地笼罩着大地。到处果实飘香，这是一年中难得的惬意时光。不似春的勃发，远离夏的火热，没有冬的冷峻。让人有些感叹，有些迷茫。

这是我喜欢的季节，虽然秋天总是带着那么点感伤。夏已过去，炽热不再。秋是否能得到解脱？车里播放着那首叫作《夏伤》的歌，任凭那种淡淡的惆怅悄然弥漫。

车里。静默，无语。

在阿合奇，生活着柯尔克孜族人。这个古老的民族，自古就有训养猎鹰的习俗，但我对猎鹰没兴趣。我以前常去吉林的满族自治区看猎鹰表演。和柯尔克孜族人一样，满族人也擅长训鹰。但是，车友们

▲ 哈萨克训鹰人，凶猛的猎鹰即使面对主人也桀骜不驯

有兴趣。实话说，这是我带过的最轻松的一支车队。车友要求不高，有吃有喝就行。只是对住的要求高点，必须是正规酒店。这些人对于玩基本没概念，全凭我做主。只要不让他们操心，带去哪儿玩都行，带着吃啥都可以。

当我们到达阿合奇县的苏木塔什乡时，当地的猎户排队架出他们驯化的凶悍猎鹰给我们做展示。

猎鹰之乡，听起来很气派，其实他们居住的村子很荒凉，道路不好走，尘土飞扬的。尤其猎人们骑着马朝车队奔涌过来的时候，扬起的尘土灰蒙蒙的。

猎鹰架在猎手的胳膊上，戴着眼罩。戴上眼罩的猎鹰比较温顺。猎鹰要从小抓来，得熬鹰。据说那是个非常煎熬的过程，是人和鹰的对峙、较量。最后，鹰被驯服，成了人的帮手，去猎杀动物。猎鹰一般养到成年时就要放生。猎手懂得猎杀不绝的道理。

车友们争先恐后和猎鹰合影。我和老赖满村地转悠。对猎鹰，他也没多少兴趣。转悠了大概一个多小时，进了四五户人家。等车队再出发时，车友们相机里储满了和猎鹰的合影，而我和老赖吃得满面油光。

柯尔克孜族人的饮食以羊肉为主，主食基本都是面食。我俩喝到了马奶和自制酸奶，吃到了羊油烙的油饼，吃到了羊尾巴油、白水煮的羊头肉。走的时候，一户人家还给我灌了一大瓶酸奶。

揉着肚子上了车，我和老赖相视而笑。吃饱喝足，就是幸福。

其实，幸福最大的敌人就是痛苦。没有经历过痛苦，人又如何珍惜来之不易的幸福。

之所以喜欢旅行，是因为在路上时，能放下很多负面的想法，会找到属于我们自己的幸福快乐。

每个人都曾经做过美好的梦，也总是祈祷着能美梦成真。但是，当美梦未能完全实现的时候，我们应该怎样面对？

看看老赖面对病痛和死亡的态度，珍惜所拥有的，静静地享受眼前的一切。因为，眼前的一切是唯一拥有的。而想要的幸福与快乐早已存于其中。只是一切需等我们去发现、去珍惜。

出发，告别猎鹰之乡。身后，猎人们骑着马，驾着鹰，吆喝着，撒着欢儿跟在车队的后面，送出好远。

纯朴、友善，是少数民族的特点。

我喜欢这样简单的生活和单纯的人们，虽然我们语言不通，但微

▲ 高傲的雄鹰，训鹰人的眼神和鹰一样犀利坚韧

笑都是一样的。

我的心早就奔向了喀什，那里才是我此行最向往的地方。只因为一本书、一部电影的缘故。

"为你，千千万万遍。"这句话，是一部小说里的对白。或者说，是一部电影里的台词。这部小说曾轰动欧美。这部电影因为取景于新疆的喀什，而令我对喀什情有独钟。

是《追风筝的人》。这是一部纯净、真挚的小说。这是一个让人伤心的美丽的故事。这是一部剖析男人内心世界的独白。这是一部诠释命运的书。

这本书是朋友推荐给我的。看过，即刻被震撼。

小说的主人公说，自己心里掩藏着一个惊天的谎言。看过书后，没觉得那个谎言惊天。但是，我会为小说中故事的曲折，为主人公的命运而震惊。

其实，我们每个人的心里都应该有一只属于自己的风筝。它可以是亲情、友情、爱情中的任何一种，也可以是正直、善良、诚实其中的一个。对于书的主人公来说，风筝隐喻着他人格中必不可少的部分，只有追到了这只风筝，他才能成为健全的人，成为他自我期许的那个有着完善人格的男人。

这本书的作者作者卡勒德·胡赛尼，出身于阿富汗贵族之家，后随父亲移民到美国，从一个富二代变成一贫民窟的穷孩子。

2007年，这部小说被拍成电影，因为当时阿富汗正笼罩于战争的阴霾之下，导演便在中国新疆的喀什、塔什库尔干、北京和美国加利福尼亚取景。这部电影让我对喀什充满了向往。

车上，我用手台给车友讲述着这部电影和喀什的渊源。从手机上，我翻出自己摘录的这部小说最精彩的段落，读给我的车友。我希望他们能跟我一起感动。

"我看着那张照片。你爸爸是被拉扯成两半的男人。拉辛汗在信里这么说。我是有名分的那一半，社会承认的、合法的一半，不知不觉间充当了父亲疚恨的化身。我看着哈桑，阳光打在他露出缺了两个门牙的笑脸上。爸爸的另一半，没有名分、没有特权的一半，那继承了爸爸身上纯洁高贵品质的一半，也许，在爸爸内心某处秘密的地方，这是他当成自己的真正儿子的一半。

"我追。一个成年人在一群尖叫的孩子中奔跑。但我不在乎。我追，风拂过我的脸庞，我唇上挂着一个像潘杰希尔峡谷那样大大的微笑。我追。

"长大后的哈桑（画外音）：我梦到了我的儿子会成长为一个好人，一个拥有自由意志的人；我梦到了有一天，你会回到我们童年玩耍的这片土地，故地重游；我梦到了鲜花再次在街道上盛开……天空满是色彩斑斓的风筝！"

我的朗读声情并茂，但我能感觉到几乎所有的车友都无动于衷。是的，我能理解。我眼中的风景，在别人看来也许乏味无聊。

这就是差异。人，因为身高有差异，看到的风景会各异。眼睛能看到的地方需要视力，眼睛看不到的地方需要心灵来扫描。

但，有两个人例外。老赖，他听得认真、用心。羽书，她听得专注、诚挚。

羽书说："你讲的这部小说，让我想起了非洲。"我突然想起，问她："你昨晚说在非洲吃过更恶心的东西，是什么？"羽书轻描淡写地说："生烤活的蝙蝠，你吃过吗？"我的胃，也开始悸动。

阳光很明媚，被车窗过滤后钻进车里，晒得人暖洋洋的。平和、温馨的气氛弥漫在每个人的心中。但是，这世界就这么奇怪。当平和笼罩时，事故和灾难就会悄然降临。

这条路虽然是公路，但不宽，而且路面情况不太好。路上车不算多。前面有一辆十几米长的大型货车，在路中间大摇大摆地开着。老赖鸣笛，打算超车。当时，我正对着手台和车友聊天。也幸亏我开着手台。看着前面那辆大货车，也许是职业习惯，也许是天生的第六感——我从小第六感就很敏锐，也很准——突然感觉心无缘由地乱跳，这是不详的预感。

我对老赖说："大哥，慢点，先别超车。"

我这句话还没说完，老赖已经收了一下油门。过后，老赖说他也是突然有了不详的预感，就收了一下油门。

我的话音还没落，就感觉脚下的大地突然震动了一下。接着，前面大货车的尾部，突然翘了起来，足有一米多高。瞬间，车尾又重重地砸下来，砸在地面上，大地又是猛地一震。地震的感觉，可能就是这样的吧。

由于惯性，车尾砸地后，又弹起，再落地。老赖一脚刹车，猛打方向盘。刺耳的刹车声。我们的车，几乎是横着停下来，距离前面大货车的车尾，不到一米的距离。后面三辆车紧跟着急刹车。老徐的二号车，前保险杠紧贴着我们的车刹住。过后，老徐说，幸亏手台里听到了我的那句提醒，他也及时收了油门。一切都是万幸。

惊魂未定，眼前的一切像电影的慢镜头一般。后座的羽书和方娟甚至连尖叫都没来得及喊出来。羽书还好，因为她眼睛一直看着前方，下意识地搂住了前座的靠背。方娟正坐在后座上贴面膜。惯性把她甩了一下，肩、前胸都撞了上去，还好只是撞了一下，没伤到筋骨。

老赖长吁一口气，他的额头已经渗出了汗珠。坐在前排的我俩最清楚刚才的形势以及可能的后果。如果老赖没有那下意识地收油门，我们这辆车很有可能钻进大货车底下，然后被砸得粉碎。

下车，探视大货车的情况。脚踩在地上，软绵绵的。我能感觉到我的双腿在发抖，嗓子发干，干得刺疼。

阳光依然明媚。这世界无论发生什么事都不影响阳光的普照。只是，我看着明媚的阳光已不再温暖，甚至有些刺眼。

身后，羽书也下了车。从我身边走过时，我看到了她手里捧着的旅行杯，一把抢过来，一仰脖，一口气喝干杯中的水。羽书愣愣地看着我，伸手帮我擦了擦流到下颚的水。我把杯子还给她，喃喃地说了句："这天，真热。"

走了两步，我回头看，老赖依然坐在车里。我喊住羽书，嘱咐她赶紧去照顾老赖。估计刚才的急刹车，或者是方向盘，或者是安全带，刺激到了他的胃部。因为隔着车玻璃，我都能看到他惨白的脸色。

我走到前面，看到震惊的一幕。大货车的前轮被深深地卡在一条宽半米，深足有一米的沟里。这段路带一点小缓坡，这条沟又不是很宽，的确不容易被人注意到。但是，大货车的车身较高，驾驶员的视线应该能看很远，足够能看到这条沟的。看来只有一个解释，驾驶员精神溜号了。

大货车的车门有点变形，老徐那么壮实，使足了力气也都没能拉开车门。我张罗着找撬棍。一回身见羽书站在我身后。焦急的心情让我说话的嗓音都是沙哑的，我问她："老赖怎么样？"

羽书说："老赖没事，只是精神紧张刺激到了胃。吃点药应该没事。他让我来照顾你，说你刚才吓得不轻。"

内心一阵暖流涌过。

生活需要感动，这种感动不仅来源于爱情，更来自于朋友彼此的惺惺相惜以及内心时时刻刻对彼此的牵挂。

其实，我一直不想写旅途中的这些危险的插曲，要写我都能写一本书，但怕误导各位自驾爱好者；可既然这样的事故会发生，不写出来有可能还是要误导，让大家觉得自驾旅行都是一帆风顺的。所以，我都是真实记录着行程中的这些东西。其实我一直有个心愿，就是愿爱好旅行的朋友们都能平安。

还是那句话——美景就在那里，有命，有健康的身体，你才能去领略。

可能因为这行做久了才愈发的胆小，可能见多了那些惨绝人寰的事故才愈发珍惜生命，可能见多了生离死别才愈发想就安全问题，没事就唠叨几句。

找了根撬杠撬开车门。驾驶室里有两个人，安全气囊弹出，司机已经半昏迷。后面卧铺和前座之间还挤着一位，正在哀号。

中国人在灾难面前会异常的团结。我车队里所有的男人几乎都围了上来，挽起袖子，攀上车头，准备救援。

我喝止众人，喊羽书。凭经验，昏迷的司机可能问题不是最大的，后面哀号的那位可能伤得更重。

我赶紧把羽书拉上车。她进入驾驶室，询问、观察了一下。此时司机已经醒过来，头被气囊撞了一下，满脸的血，但问题不大，只是肋骨疼得厉害，估计方向盘顶到了肋骨。而后面那位，羽书低声跟我说："估计脊椎骨骨折了。"

我看着后面那小伙子，替他难过。要是脊椎骨真的骨折，他这后半辈子就别想再吃大货车这碗饭了，可能连稍微重体力的活都不能干了。

车下，有人打电话叫救护车。阿克苏中心医院告知，由于距离较远，让我们寻求附近的医院。经过反复确认，前方不到十公里有一家县级医院。好不容易联系上这家医院，又被告知救护车坏了，让我们把病人送到医院去。

无奈。

我们从路边弄来一些树干和木棍，又撕开大货车里的床单。羽书为后面的那个人做了简单的夹板固定。钻进驾驶室的四个壮实爷们，在羽书的指挥下，把后面那年轻人抬了出来。

羽书判断得没错，那个年轻人在抬动的过程中，每动一下，都发出撕心裂肺的惨叫。

把司机扶下车，伤员送进车队的车里。然而大货车此时还挡着路，不挪走它，我们的车也过不去。

老赖从后面过来。看他的脸色，应该是已经缓过来了。他的两颊有了一些血色。

老赖指挥车队，车都往后倒，闪开一段距离。他上了大货车，坐进驾驶室。我突然想起，老赖从运动员退役下来后是学过大货车驾驶的。

老赖再一次让我刮目相看，他居然顺利地把车从沟里倒了出来。我赶紧指挥所有人就近捡石块，把沟垫上一些。

老赖把车钥匙扔给我，他开着大货车小心驶过那道沟。

我赶紧回到车上，带着车队都小心过沟后，追赶老赖开的大货车。

我超过老赖的车，加油门，先找到那家县级医院。医院不大，满走廊找，敲了七八个门，才找到一名医生。等我们的车队到了，抬下伤员送进医院里，才勉强找到三名医生。

羽书亮明身份，参与急救。看着她穿上白大褂，戴上白帽子，挂上听诊器，感觉她立刻像变了个人——严肃、冰冷，眼神凌厉。

急救持续了一个多小时，羽书才走出来。不出所料，司机肋骨骨折。另一个是学徒，脊椎骨，从颈椎开始到尾椎，都裂了。

这家县级医院，看医疗条件和内地镇医院差不多，是没有救治能力的，所以只能转院到阿克苏。

伤员被抬到院子里的时候，救护车居然来了。原来救护车没坏，只是我们叫车的时候耽误了司机中午喝酒。

无奈。老赖看着这师徒俩伤了一对，低声跟我商量。他想跟着救护车，把这师徒俩护送到阿克苏，明天再去喀什跟我们会合。

羽书说，要去她也跟着去。毕竟是医生，路上能照顾。

大货车的师傅死活不同意老赖护送。看着他那祈求的眼神，我突然醒悟，于是，对老赖说："人哥，算了。你没发现那司机的眼神？他觉得还不起这份人情。"

老赖无语，转身上了我们的车。

继续上路。

紧张的情绪得到舒缓后才感觉到饥肠辘辘。我们还没吃午饭。我用手台通知，一会儿午饭。每车留一位驾驶员禁酒，其余人等，喝酒！躲过一难，这酒值得喝，必须喝！

我不喜欢灾难，但是我喜欢灾难中那份精诚协作的感觉。

/是为了回头寻找，还是为了相遇/

清晨，我确信此时我还在熟睡中。但蒙眬之中，却听到有人在跟我说话，翻来覆去，就一句："为你，千千万万遍。"

这是一句爱的表白？但说话的却是个男人的声音。而这句话，我很熟悉。在哪里听过，一时想不起。

不想睁开眼睛，更不想离开这张床。从西藏下来，马不停蹄奔波在南疆美丽的土地上，人就像上了发条一样。昨晚半夜才赶到目的地。虽然迷迷糊糊的，还没清醒，但我知道我在喀什。我正躺在喀什的床上，踩着喀什的土地，呼吸着喀什的空气。所以，我才慵懒。我不知道今天要干什么，也不知道今天我该干什么。不去想。发现自己很颓废，只想就这么躺着。那句深情的告白，如果是一个女人，此时我该多满足。

秋天是丰收的季节，而我却思念起了温柔。

闻到了咖啡的味道，醇厚焦香，带着一丝丝果味，应该是云南产的小粒咖啡。

同一种咖啡，不同年龄、不同经历的人，可以喝出不同的独特味道。

年轻人喜欢放很多的添加料，喜欢香和甜的复合味。因为年轻的味道就是甜。

中年人只会放一点砂糖，喜欢品味一份苦涩后面那一点点若有若无的甘甜。因为中年的味道就是苦。

睁开眼，窗下茶几前，老赖盘腿而坐。茶几上，一壶咖啡散发着袅袅的余香。老赖眼望着窗外，我只能看到他的侧脸和他手里的半截茶烟。眼前的这幅剪影让我想起了那本书。

我之所以对《追风筝的人》这本书如此厚爱，因为它对男人的内心世界作了最经典的诠释。文学作品中，对女人内心世界津津乐道的书比比皆是，女作家自我诠释、自我解析内心世界的作品也琳琅满目；而对男人内心有深刻剖析、诠释的好书，凤毛麟角。

都说女人内心复杂多变，那不过是因为女人善感多情，女人更乐于表现自己内心的感受；而男人善于隐藏内心、伪装自己。其实，男人和女人一样。男人大多也内心脆弱，男人的泪腺结构和女人的一样简单。男人其实不比女人坚强多少。

男女之爱，男人转身后往往会停留片刻，这是在等待女人的召唤，也是在给自己一个回头留恋的机会；而女人一旦转身，留下的往往只是一个决绝的背影，任你千呼万唤，也不回头看一眼。

女人的泪往往能绊住男人的脚步；而男人的泪，只会留住女人一个鄙夷的冷笑。

望着老赖的侧影，我突然有想探究他内心世界的冲动。这个男人如此的淡然，他的内心呢？是平如镜的湖，还是浪滔天的海？

我从床上坐起，简单和他打了个招呼。男人之间的问候和男女之间不一样。男女之间的问候，通常需要用到动作，一个拥抱、一个亲吻甚至抚摸一下耳鬓、回应一个微笑都行，虽然复杂，但饱含温情。男人之间的问候，则是刻意的漫不经心。

"哪来的云南咖啡？"我问老赖。

这是个最好的开场白。

"老曾带来的。"老赖没回头，依然看着窗外。我想起老曾昨天飞机误点，到喀什的时间比我们还晚。

"为你，千千万万遍。"老赖念叨了一句。

我一愣，这是我梦见的，还是他一直念叨的？

老赖指着窗外，说："你讲的那个电影，是不是这样的？"

我起身，光着膀子走到窗前。窗外，酒店的楼下是一片残破的景象。黄色老旧的土房子错落无序，狭窄的街巷残败不堪。

"嗯。"

这是《追风筝的人》那部电影需要的阿富汗街巷重现的场景，想不到就在酒店窗外。

老赖问了我一句："那部电影，看过后你最深刻的感悟是什么？"

我想了一下，坐在他的对面，说："生命不能有保障地活着，终

126

日生活在恐惧中，生活在那个战乱的国度，很可怜。这是我最深刻的感悟。"

老赖将一杯咖啡递到我面前，说："在你们的眼里，我可怜吗？"

来了，好。

这是我想要的话题。

我几乎从没有过，跟一个男人如此随意地面对面坐着，敞开心扉，聊一些很男人的、心理的话题。

在我以往的生活里，和哥们之间的交流基本都是随性的。哥们之间聊天的话题也无外乎旅行、足球、女人。

男人之间聊旅行，刺激为主。

男人之间聊足球，以骂为主。

男人之间聊女人，和女人之间聊女人不同。

女人聊女人，聊衣服、包、饰品，也聊嫉妒。

男人之间能聊起的那个女人，八成只是对这个女人感兴趣而已，但不一定有爱。

男人一旦爱上一个女人，是再也不会聊她的，会把她藏在心里。心中也有炫耀这个女人的冲动，但能抑制住。

而女人一旦跟别人常聊一个男人，那就是爱上了。

尝了一口咖啡，果然是云南的咖啡，焦香有余，回味不足。放下杯子，我直视着老赖，回答："那你，觉得自己可怜吗？"

老赖依然望着窗外，说："将死之人，可怜，不过……"

我接过他的话说："不过，你看着别人也可怜。因为这世上谁能不死？只是早晚而已，对吧？"

老赖回过身，也尝了一口咖啡，说："我虽将死，但未必真的会死。起码还没到末日。这是方娟说的，这话我信。"

我笑，说："这话我也信，方娟还说什么了？"

老赖正色说："她还说，你和羽书有缘无份。"

"这话，嗯，我也信。"

老赖说："我不信，老曾也不信。我们都信你和羽书有缘有份。"

我沉默，这个不是我想探讨的话题。

沉默一会儿，老赖问我："你来过新疆？"

我点头："来过，两次北疆。"

他问："南疆北疆有区别吗？"

有吧？肯定有区别，但我又答不上来。我的感觉，北疆的景色大气磅礴，南疆的西域风情更加鲜明。

"你来新疆，什么目的？"

老赖的话让我一愣。

"我来干吗？我来带车队呀。"

沉默。

突然想，没有我，这车队一样能走完行程。这世界缺谁都不会影响原有的轨迹。那么，做领队只是我的借口？我的目的，其实很简单，只是来旅游。

我问老赖：“你来干吗？”

老赖笑：“我来寻死。”

我盯着他看，他的表情不像开玩笑。

他说：“新疆是我从没来过的地方，来过了，我好像就没遗憾了。这是来之前，我最强烈的想法。但到了新疆，我突然感觉，我是来和这个世界告别的。满足了心愿，死而无憾？”

他最后一句是句问话，我耐心等着他给我解答这个问号。

他喝完咖啡，说：“现在，经历过昨天的那场事故，我的想法变了。尤其现在，你我面对面聊天，这在过去，我很少和一个男人这么聊天。”

我点点头，我也几乎不跟男人这么交心。男人的心都包着一层铠甲，很少会跟同性交心，除非酒醉。

老赖笑，看着我说：“现在我觉得，我这一趟来，就是为了遇到你们。遇到你，遇到羽书，遇到方娟，遇到车友。你们，可能会带给我好运。”

我愣住了，从没想过原来旅行也可以只是为了相遇。

如此，我这一趟，从西藏直接来到这里也是为了相遇吗？

老赖点点头，说：“你是为了遇到我，也是为了遇到羽书。我们，都是有缘人。”

他站起身，说：“我把老曾拉出去转悠。羽书在房间等你，等你带她去香妃墓。我信你们有缘份。”

老赖走出房间，我还在发愣。

我是为了相遇，还是为了找回？

　　以前，我每次去西藏都在心里告诉自己，西藏的纯净是我曾经失去的。成年后的我，更喜欢十六七岁时的自己。那时候，虽然幼稚、轻狂、叛逆，但很干净。那时的我像清晨灿烂阳光下的向日葵，纯洁、纯真，对清晨的阳光充满了爱恋，对未来的生活充满了期待。

　　是因为那是个纯真年代吗？不是，其实那个年代和现在一样，也有着恶毒、刻薄、自私，虚荣、粗俗和贪婪。但是那个时候的我，眼

▼ 俯览古城，这是维吾尔族的历史缩影

睛是纯真的，看到的世界也是蓝色的。因为纯真，我看不到恶毒、刻薄和自私。因为心是干净的，所以，我就不去爱慕虚荣、不贪恋粗俗，也拒绝贪婪。

在我的眼中，那时的世界就像刚刚升起的太阳，美好、绚烂、温暖、明媚。我怀念那个时候。可我知道，那个时代的那种心境，我永远都不会再拥有了。所以，我才会乐此不疲地每年去西藏。我以为我是为了寻回曾经的世界，但现在，老赖说我其实是为了相遇。我有点信了。

站在窗前，阳光洒在我的身上。这是一个平常的早晨，阳光和平时一样温暖，路上的行人和平时一样匆忙。但，于我，这不是个寻常的早晨。只因为这个早晨，我站在喀什的土地上。因为那本书，因为那部电影。

在过去的一年多，我对喀什充满了向往和期待。这在我的旅行经历中，很少有过。过往的岁月里，也只有西藏能让我如此魂牵梦萦。

伏在窗前，看着窗外那久经风雪的低矮、古旧的街巷，脑海中浮现起那个战火纷飞中，一个叫阿米尔的少爷和他的小伙伴哈桑追逐着风筝的身影。

其实，我的耳朵一直竖着。因为在我的心里有一份期待。在这个不同寻常的早晨，一定会有人来敲门。不为别的，只为了一个美丽的传说——香妃墓。

我在心里倒计时，就在我即将失望时，门被适时地敲响。深呼吸，平复一下心情，我突然发现自己有点紧张，有点像初恋时的那份忐忑。很奇怪。

打开门，不出所料。羽书站在门外。她上下打量我一眼，抬起头时，一脸的冰霜，就如我初次见到她时，说话也是冷冷的："你，就这么迫不及待地炫耀？"

我低头，大窘。我忘了我只穿着一条内裤。囧了一下，我迅速镇定，淡淡一笑："我只是想证明给你看，我是个身心健康的男人，仅此而已。"

羽书终于绷不住，脸上的线条变得稍微柔和了一些，说："身体健康看出来了，心理健康嘛，还真没看出来。"我也坦然了，大咧咧转过身，进了卫生间，刷牙，洗脸。

羽书就靠在门口，看着我。好半天，才幽幽地说："能帮我订机票吗？我想后天飞回北京。"一愣，我停下手里的动作，望着镜子里的她，问："怎么了？"

羽书低下头，沉思了一下："我也说不好，就想走。心里没底的感觉。"

匆忙擦了一把脸，走到羽书的对面。站定，直看着她。她的眼神开始惊慌。想躲避，我暗笑，突然双手捧起她的脸。我的两个大拇指，并排压在她柔软的嘴唇上。然后，低头，俯身。对着自己的手指，响亮地亲吻了一下。松手，退后一步，望着她。羽书的脸，惨白。眼神迷离。

一会儿，她的脸色恢复正常，但透着红晕。眼神更加迷离。我笑，举起双手，翘起大拇指："我借你的体位，亲吻的是我自己。"羽书眼睛看着我，冷不防在我脚上狠狠地踩了一下，嘴里轻轻骂了句："你混蛋。"转身，要走。

我自顾自穿衣服，耳朵却留神听着。听得出她走到了门前，却没有摔门而去。慢悠悠地，我穿好衣服，走过去。

羽书脸冲着门，正在发愣。

双手，环上她的腰，把她轻轻抱住。身体，却并不紧密接触。羽书的身体，一下子挺直、绷紧。那股无形的抗拒力，非常明显。我叹息一声，松开她的腰："你想逃避，是吧？可我不会放你走。什么时候你能坦然接受一个男人的拥抱，你就可以逃离我。"羽书没回头，身体却还是绷得很紧，语调有些惊慌："可是，那也要有能让我喜欢的男人吧？"不禁暗笑。这女人，还有得救。

见我不接茬，她问："你穿上衣服了吗？"我只好走过去，面对她。她看着我穿戴整齐，长吁了一口气。我伏在她的耳边，小声说："这回，我相信你姐夫的话了。"

在她发飙前，我逃到了走廊。回头，看着站在门口的她，我说："你不该选择逃避。你和我，你和老赖，你和方娟，我们能在此相遇，即是缘分，也实属不易。也许我们这半生，都只是为了这一场相遇而生活着。所以，遇到了，就不该心甘情愿放弃。不为别的，只因为，遇到——不易——"

她瞪着我，说了一句让我啼笑皆非的话："你的那个，也是为了我？"假装没听见，我先进了电梯。羽书也意识到刚才自己有点失言，进了电梯后，她面对着墙壁，假装看广告。我发现，她又穿起那套半职业装。

羽书说："去香妃墓，我想正式一些。对香妃的传说，我持尊崇的态度。"

嗯，几乎所有的女人，都对香妃的传说尊崇有加。

/再讲一段老赖的故事/

从电梯走出来，我愣住了。车友几乎都集中在酒店大堂里。三两人一桌，懒散地坐着，闲闲地聊天。走过去，看到了老曾，依然红光满面，依然笑声爽朗洪亮。只是细看，发现他的眉宇间有着淡淡的愁容，这可不像一个中年得子的人。

在他对面坐下。老曾看着我和羽书，笑了，笑得有点意味深长。羽书翻了他一眼。

老曾凑近我，说："刚才，方娟说有个贵人能给我出主意，帮我解忧愁。我这一看到你，就知道我的贵人到了。"

我从沙发上站起来，单膝跪地，真诚地说："老曾，你饶了我吧，我是你的跪人，我给你跪下了。你就是我命中的猫头鹰，只要你冲我一笑，就准没好事。"

老曾笑，这回他是真的开怀大笑。我左右环顾，没发现方娟。倒是看到老赖正在门外打电话。

羽书问老曾："怎么没看到方娟？"

老曾说："方娟一早背着画架，写生去了。"

我好奇，这方娟会画画？

老曾说："方娟是美术学院毕业的，国画专业。"

没想到，看来这方娟有点道行。

可是，老曾接下来的话让我更加吃惊："方娟学的是国画，而且画工不错。九十年代受玩古玩字画父亲的影响，曾停薪留职，在北京混了三年琉璃厂。至今，家里还珍藏着一些淘来的字画的老旧家具。"

我摇摇头，看来这方娟真的不简单，水挺深。

我长出一口气，对老曾作个揖："方娟才是你的贵人，有事问她去吧。"

看我要走，老曾一把拽住我，叹息了一声。

老曾的公司主要作一些文化推广活动。比如，给房地产公司作楼盘推广宣传，或者给业主作一些休闲的拓展娱乐或者采摘等活动。这一行的策划和执行，人才稀缺。老曾的公司从别的公司高薪挖人，挖来的人用不了多久再被别人挖走。自己培养的更是翅膀一硬，能独当一面时，就会被高薪挖走。最近，又有两名区域经理被挖走，老曾为此烦恼不已。

我不是他的贵人，对企业的运营，我不懂，但我可以给他讲个别人的经验。

曾经，我带着的一个车队里有一位深圳的老板，每年在新招的毕业生中发现和培养自己的人才。一旦发现是可用之人，这老板就会给这个人交首付，买一辆中档轿车。首付部分由公司出，贷款部分自己交。公司每月给五百元的油补。然后签合同，规定六年后车归个人，六年内，如果跳槽，车归公司所有且不退还个人已经缴纳的贷款按揭。这就等于用一辆车拴住一个自己培养的人才至少六年。那个老板曾狡猾地算了一笔账，给骨干员工买一辆车的首付，至少能省去每年报销打出租车的费用。因为六年后车归个人，所以每个人都会很爱惜车，所以不管怎么算，这都是一笔只赚不亏的投资。

老曾听罢，沉思了一会儿，一拍大腿，说："我才不给他们买车。买了车，这帮混蛋就不知道怎么得瑟了。万一出点车祸啥的，岂不是害了他们。我直接给他们买房子，交首付，签十年合同。咋样？"

我点头。老曾这样的家伙，成功固然有运气成分，但也跟性格和能力有极大的关系。有魄力，敢投资，这样的人不成功都难。

正说着，老赖从外面进来。冲着我，劈头就是一句："赶紧给我弄个西藏的手机号，急用。"

我错愕。这是新疆，我上哪儿给你弄西藏的手机号。老赖看着我，也很失望。他以为我常去西藏，应该有个西藏的手机号。可是，内地人谁没事闲的，常年弄个西藏的手机卡。

看看老曾，我纳闷地问："今天的自由活动，你们都坐这里干吗？怎么不出去玩？"

老曾笑："这些人都是圈养的，没人领着不会玩。"

这是一些会享福的人，一切都需要有人安排好。他们只管跟着，绝不为吃喝拉撒玩这类小事操心，他们只操心能赚大钱的事。无奈，我只好带着这群人出发，一起去香妃墓。

上车，看着老赖紧锁的眉头，我问："怎么了？"

老赖勉强一笑："也没啥。"

我犟劲上来了，接着问。

老赖才不情愿地说，单位来电话，催他回去，有案子。

问题在于，他跟单位请假时撒了谎，说去的是西藏，为请大德高僧给开藏药。现在，领导要给他订拉萨到北京的机票。谎言要戳穿。领导怀疑他不在西藏，他需要一个西藏的电话跟领导解释一下。

当官不睬病人，什么领导呀这是？我表示很愤怒，老赖嘿嘿笑，笑得很坏。不怨领导，一切都是他自己惹的。

就在前两个月，老赖刚查出胃癌不久，法院判了一个案子。案子很简单，一家经营矿山挖掘机的企业，给本地一开矿的老板四台挖掘机。老板仅仅付了两台机器的钱，剩下的两台死活不给钱，一直拖欠。没办法，挖掘机厂把矿老板告上了法庭。开庭。很清晰的案子，矿老板败诉。但案子判下来却执行不了。执行庭派过两次法警，但都被打了回来。你说他暴力抗法，矿老板装委屈，说打人不是他指使的，都是这些干活的临时工怕挖掘机给开走了影响生产，影响他们打工赚钱。打法警的人呢，打完就跑，所以也没处找人。

挖掘机厂找到了市里领导，给执行庭这边施加压力。可这边执行庭也为难。

老赖从医院回来的时候，正赶上院长要请示调动武警。老赖来了劲，跟院长请愿："我去，打死我算我是烈士，正好我也时日无多。打不死我，以后，我不用每天上班报道。我只管这类有生死危险的重大案子。"

院长看着老赖，毕竟这么多年的同事，他太了解老赖的脾气秉性，这事，别说，还真就他去合适。老赖上来那个劲，浑不吝，任谁都怕。

老赖走到大门口，碰到了他的司机小梁。小梁从部队转业回来，就在执行庭给老赖开车，一晃五年过去了。他对老赖，忠心耿耿。见老赖要用车，小梁赶紧地准备给他开车。老赖撵他下车。这孩子是独生子，老赖不愿意带他去，危险的事还是自己扛吧。

小梁却不下车，嘴里振振有词："跟着你，绝没危险，再说跟你这一趟，万一成功了，我也能立功。"

于是，老赖和小梁开着老赖自己的私家车，悄悄驶入矿区，没人注意到他俩。矿区戒备的是带有警灯的法院警车。老赖让小梁跟在身后，然后自己登上一台挖掘机，一把拽住司机的脖领子，一伸手把自己的病例拍在司机的眼前。那一只手插口袋里，做持枪状，然后，他厉声说："看好了，我癌症晚期，今天死和明天死，没啥区别。今天，要么我开走车，要么你喊人打死我，成全我当个烈士。但是，从此以后你就要亡命天涯，永无宁日。"

那司机被老赖的气势和他那双犀利的眼睛吓住了。他毕竟是给人打工的，没有老板的命令，谁愿意惹事。

老赖是幸运的，这会儿，偏偏老板不在矿上。矿上只有个矿老板的心腹领头。领头的上来跟老赖交涉，被老赖一脚从挖掘机上踹了下去。

老赖是真的急了，眼珠子通红。老赖一发怒，脸是狰狞的，鬼见愁的脸，那些人都怕了。两台挖掘机在老赖的押护下，被乖乖开出矿山，往市区而来。

快到市区的时候，矿老板开车追了上来。这会儿，老赖胃疼发作，疼得眼冒金星。他勉强摸出药，扔进嘴里，咽下去，歪坐在挖掘机的驾驶室里。矿老板登上驾驶室，一看是老赖，愣了一下，随即亲热地叫了声"大哥"。

老赖此时眼睛已经看不清东西，看这老板的脸，异常模糊。矿老板看老赖没反应，赶紧提了一个名，说："我是他弟弟。"

老赖长吁一口气。矿老板的哥哥几年前涉黑，临刑前是老赖给送的吃的，两人还长谈了一次。没想到，他的弟弟现在混得风生水起。

矿老板跟老赖商量，说："大哥，这一台挖掘机，我要没它，一天就是上百万呀，你不能给我开走，我损失不起。这样吧，我先给你一台挖掘机的钱，下个月，我一定都给齐。"

老赖胃疼得钻心，他咬牙挺着，眼睛直勾勾地盯着矿老板。矿老板被老赖盯得心里发毛，他听哥哥说起过老赖，在老赖面前，他不敢造次。想了想，他说："大哥，要不我把两台车钱都给你，你把车放了吧？"

老赖依旧不开口，他是胃疼得难受，开不了口，眼睛依旧直勾勾地盯着矿老板。但是，老赖能感觉到药力慢慢在体内开始起作用。

矿老板被老赖盯得终于绷不住了："大哥，你是我祖宗，我连钱的利息都给你，这总行了吧？算我倒霉，钱就在我车里。"老赖依旧瞪着他。

又过了一会儿，胃疼缓过去了，老赖才下了挖掘机，一把抓住矿老板，塞进自己的车里，拉回法院。

执行顺利结束。院长直接给老赖特赦，平常小案子不用你办，遇到棘手的，你来办。你要真的在执行中牺牲，我一定给你申报烈士。

老赖嘿嘿笑，说："电话里听领导的口气，有点气急败坏，估计又有摆不平的棘手案子。"

我好奇，问他法院出去执行危险任务，不给配枪？

老赖苦笑："从1995年起，法院执行任务就不再有配枪权。不过……"老赖顿了一下，稍微迟疑着说："不配枪也是好事。枪有可怕的魔力。不管在好人还是坏人手里，都不是什么好事。"

我来了兴致，紧逼着问他："你持枪时，出过事吗？"

老赖没回答，一打方向盘，把车拐进停车场。我抬头看，原来是到香妃墓了。

/传说中的香妃墓/

　　香妃的名头如此之盛，首先是拜金庸老先生的名著《书剑恩仇录》所赐，这部书中描写的香香公主一直被视为是香妃的演绎。随后，琼瑶的《还珠格格》更是让香妃闻名于世。再后来，大量的清宫戏说类影视作品上映，喀什的香妃墓也借势出了名。

　　香妃墓本应叫阿帕克霍加墓。它是一座伊斯兰教圣裔的家族陵墓，共葬有同一家族的五代，计七十二人，因葬有明末清初时喀什著名伊斯兰教依禅派大师阿帕克霍加而得名。现在的所谓香妃墓只装殓了香妃的衣冠，而香妃的尸身则埋葬于河北遵化清东陵的裕妃园寝，也就是乾隆妃园寝。

　　传言她是病死的也不准确。因为考证出土的香妃尸骨，她死时已经是位老人，应为寿终而亡。

　　香妃本名买木热·艾孜姆，因自幼体有异香，被称为"伊帕尔罕"（香姑娘）。香姑娘被乾隆收为妃子后的正式封号为容妃，"香妃"只是民间对她的爱称。因为买木热是阿帕克霍加的重侄孙女，本

▲ 新疆艾提尕尔清真寺，中国最大的清真寺

无资格葬在阿帕克霍加墓，但因她嫁给了皇帝，身份尊贵，才建了个衣冠冢在此。

漂亮的维吾尔族讲解员用生硬的汉语介绍香妃棺木的位置，在墓群左后方不明显处，棺椁体积也较小。香妃墓是典型的伊斯兰风格建筑，外墙采用绿色琉璃砖贴面，并夹杂一些绘有各色图案花纹的黄、蓝色瓷砖。穹窿形的圆顶上建有一座玲珑剔透的塔楼。塔楼之巅又有一镀金新月，金光闪闪，庄严肃穆。典型的伊斯兰建筑。在新疆，至今也依然有不少这类风格的建筑。

▲ 新疆艾提尕尔清真寺，清真寺一定要脱鞋进入

走出香妃墓大厅，在院子里转悠。一抬头，院墙的树荫下，方娟正聚精会神地作画。身后，老赖靠在院墙上看得津津有味。我凑过去，看一眼。我不懂画，一点都不懂，上学时美术课从来没有及格过，甚至，机械制图课都是我的老大难。所以，对方娟的画，我无法评判。

于是问老赖："画得咋样？"

老赖赞许地点点头，一本正经地说："好，真好。"

我看着老赖那一脸的坏笑，笑得皱纹都快抹平了，就知道他没憋什么好话。

问他："这画能达到什么水平？"

老赖往后退了一步，怕方娟一转身踢到他。站稳，找好逃跑的路线，老赖才说："如果在画架上拴个大饼子，你猜狗画的会不会也这么好？"

说完，转身跑了。我在那里，嘿嘿地笑。

我是真的不懂画，只是觉得画笔再好也不如普通相机拍出来的好，为此方娟常奚落我是生活在城市里的"山炮"。

方娟埋头作画，懒得搭理我俩。无聊中，我就磨老赖讲故事，讲他持枪惹祸的事。但老赖显然更愿意讲他过五关斩六将的光辉事迹。对于败走麦城的故事，他有点懒得讲。

拐弯，迂回。对老赖要诱导。他是有倾吐欲的男人，只要有好的倾听对象，他很愿意说说自己的经历。

于是，我问他："你从小就进了运动队，据我所知运动员基本都没怎么读书。那你现在的身份是法官吗？"

老赖很自豪："我当然是法官，而且是正儿八经考的法官证。"

方娟终于找到了挤对老赖的机会，一回头，说："肯定是作弊来的法官证。"

老赖最大的优点是不跟女人计较。他调侃方娟，笑嘻嘻的，面对方娟的挤对，他依然笑呵呵的，既不反驳也不急躁。但我知道，老赖有能力考下来这法官证。虽然他上学不多，但老赖很爱读书。他跟亲近的哥们在一起时，口无遮拦。但是，绝大多数时候，听他的谈吐，看他写的东西，能感觉出他的文化修养。

他从法警到法官经历过怎样的历程，这个历程像谜一样。老赖笑，说："其实很简单，一点不传奇，只是我的命好。"

老赖做法警的第二年，有一天开完会，办公室主任突然在会议结束时，对着麦克风喊："有驾驶证的同志，请把驾驶证交上来统一去验证。"

老赖想都没想，就把自己的驾照交了上去，他不知道这居然成为他人生的一个拐点。在那个年代，考驾照都是要专业培训一年以上的，有驾照的人凤毛麟角。办公室主任接过老赖的驾照也觉得意外，老赖居然拥有大货车的驾照。

转瞬一个月过去，风平浪静的。突然这一天，办公室主任通知老赖，给院长开车的司机做了阑尾炎手术，要老赖代班几天，给院长开车。

那天晚上，老赖开着吉普车送院长回家。院长有个习惯，上了车就闭目养神思考这一天的事。院长家门前路不大好，有一条沟，不深不浅的，沟里常有积水。每次车走到这儿，在沟里一颠簸，院长就醒过神，也知道到家了。

那天，老赖送院长回家。远远地，他就看到了那条小水沟。老赖一拧方向盘，车绕了一下远，从另一条胡同开到了院长家门前，轻轻把车停稳。老赖下了车，绕过去，打开车门。院长从沉思中醒过来，看看老赖，又看看自家门口，再看看车头的方向，没说话，转身进了家门。

第二天早上，老赖接院长上班，到单位后，依然回到法警室。不一会儿，办公室主任进来，通知老赖去办公室报道，做院长的专职司机。

报到，上任。就这样，老赖做了专职司机。

我问他："然后呢，院长就提拔了你？你就配枪了，你就惹祸了？"

我承认，对他的经历，我有种迫不及待的窥探欲。性格的原因吧，老赖其实是个很敏感的人。我一连串的提问，让他从回忆中一下子跳出来。他警惕地看了我一眼，发现了我手中的录音笔。

"你录音干吗？"他的问话平淡，没带一丝不悦，但我却感到深深的不安。这是一个性格透明的男人，在他面前，偷偷摸摸是最被鄙视的行为。

解释其实最为苍白，最无聊的就是解释。一切的解释都是因为心虚。所以，我不急着解释。我调出以前的录音片段给他听。我说："这是我旅行中的习惯，录下我觉得该录的东西，没想要干啥，只是觉得该留着。也许有一天，我只能靠回忆度过残生时，这就是我的财富吧。"

老赖看看我手里的录音笔，来了兴趣，拿过去摆弄着。看他的眼神柔和，我放下了心。

我说："从司机到庭长，如果不是你给院长开车，你会有今天吗？"

老赖依旧摆弄着我的录音笔，随口嘟囔了一句："没发生的事谁知道呢，生活里没那么多如果吧。"

录音笔还给我，他问："你的生活走到今天，有多少如果？"

我想想，摇摇头。生活里其实真的没如果。发生的那就是该发生的。

老徐兴冲冲走过来，手里捧着一堆亮闪闪的银碗，爱不释手。老徐把银碗递给我，让我给个参考价。

银碗很漂亮，但是这么漂亮的、银光闪闪的碗，我能肯定不是银碗。老徐将信将疑。我从随身的腰包里找出一小块纽扣磁铁，随意往银碗里一扔，然后把银碗翻过来，磁铁牢牢地贴在碗上。老徐一把抢过银碗，嘴里骂了句，转身出大门，估计是退货去了。

我怕老徐和商家发生口角，赶紧拉着老赖跟出去。跟着老徐的身影，我们走进一家旅游纪念品店。果不其然，店家死活不给退货，不管你说什么，那老板都装听不懂。我走过去，接过碗，跟店家商量换货。店家立刻听懂了，快乐地点头："换可以，退不行。"

老徐也不是在意的人，就爽快地挑了几把英吉沙刀。店家很开心，为了炫耀他的刀，就用刀去削皮制的刀鞘。一刀下去，刀鞘被削成两截。店家用衣袖擦了一下刀，一脸的傲气。

我笑笑，拿过两把英吉沙小刀，刀刃相对，轻轻用力对砍一下，然后举起刀，在店家眼前晃了晃。两把英吉沙刀，刀刃都豁口了，店家傻眼了。老徐哈哈笑。

从纪念品店出来，一转身，老赖不见了。左右前后，所有购物点转了一圈，不见踪影。打电话，不接。我的心开始发紧，莫非，他的胃病发作了？我赶紧往厕所跑，一头冲进厕所，又踉跄地跑出来。那味道真够呛，牛羊肉的膻味加上狐臭和排泄物的混合味。我蹲在地上，冲着天空大口地喘息，好不容易缓过这口气。

手机响了，迫不及待地接起来。

是老赖，笑嘻嘻的声音："我搭别人的车，去了艾提尕尔。"

说完，他挂了电话。

伊斯兰教礼拜寺——艾提尕尔，我倒吸了一口气，这是搭的谁的车？清点一下，我们这四辆车都在，除了老赖，人也都在这里。

老曾也来了好奇劲儿，大喝一声："上车，追！"

/兔牙女人/

其实，要不是耽误了事，我们是应该先到艾提尕尔来参观的。因为这里实在太热闹，也特别有伊斯兰的风情。这里是喀什、全疆乃至全国规模最大的伊斯兰教礼拜寺。"艾提尕尔"是"节日礼拜与集会之所"的意思，该清真寺始建于1442年，地位显要，是全疆穆斯林"聚礼"之地。

每逢一年一度的古尔邦节，全疆各地都有教众前来，做大礼拜时，人数可达两三万人，地位好比西藏的扎什伦布寺。

车进入艾提尕尔的大停车场，一下车，整个人立刻置身于一个嘈杂的环境中。远看，艾提尕尔寺大门用黄砖砌筑，用白石膏勾缝，线条清晰明快，非常醒目。一般清真寺多为蓝墙绿顶，这里用的黄色是不是也有汉族皇权的审美意识在其中呢？寺门上方的墙顶是一方巨大的平台。每逢节日，平台上就支起了各种民族乐器，响彻云霄的羊皮鼓和锁呐乐声通宵达旦地为云集于广场的数万教众制造节日的欢乐气氛。

一个二十多岁年轻男人的身材，穿着紧身T恤，戴着美式的贝雷帽和大墨镜。一扭头，是一张沧桑的老脸，坏坏的笑。坐在那儿，正说得唾沫横飞。

老赖。

他的对面坐着一个女人，侧着脸，也戴着大墨镜，看不出年龄。我走过去，在老赖身后找把椅子，坐下，冲着服务员高喊："来一杯骆驼酸奶。"

老赖回头，看到我。笑，笑得好得意。听他对身前的女伴说："这是我弟弟。"

我站起来，走过去，对那女人微微一鞠躬，说："我是他弟弟，但我俩的父母相互不认识，没一点关系。"

那女人抬起头，摘下墨镜，冲我一笑，说："听你哥一直在说你，说你是带自驾车队的，能给我介绍一下新藏线吗？"

服务员送来了我的骆驼酸奶。这是用骆驼奶酿制的酸奶，加点砂糖，感觉口感比牛奶还要醇香。

喝了一口，看看这女人，又看看老赖。

我说："新藏线一会儿再说，你们俩是什么情况？"

老赖嘿嘿笑，说："在香妃墓，看到一藏族女孩找我借手机用。那女孩跟她是一伙的。"

老赖一指对面的女人，接着说："我听她说话是老乡，看她这对兔牙好玩，喜欢得不行，就死皮赖脸地跟着她到了这里。"

我仔细看这女子，看不出实际年龄，三十多，不到四十。瘦，娇小。皮肤很好，眼睛好看。一笑，果然是一对兔牙，不是很明显的大，但是挺可爱。虽不是美女，但耐看，有味道，说话也轻声细语的。但看那身装备，脚下那双鞋，就知道不是个简单的女人。

女人被我盯的有点窘，瞥了老赖一眼，低下了头。只是瞥老赖那一眼，深意无限。

老赖冲我说："一藏族妹子，二十多岁。黑，不高，挺壮实，穿一身红色狼爪冲锋衣，你去找找。"

好吧，这是嫌我碍眼。这事儿赖我，太不知趣。

转身，我去找藏族妹子。那女人在我身后说："她叫达娃。"

在西藏，你遇到十个藏族姑娘里有三个叫达娃，三个叫央宗，三个叫格桑花。

走到寺前广场，人头攒动，热闹异常。这一路过来，这儿是最热闹的一个地方。我朝着广场周围的小巷走去。小巷里那些悠闲的人们，神态各异，悠然自得。这地方真是人物摄影的天堂。在这样的地方转悠是幸福的。幸福就像最美的梦境，当你想要把它抓牢的时候，你就会梦醒。所以，我不打算抓住这幸福的瞬间，我只要尽情享受就好。

转悠到一家卖维吾尔族服饰的小店门口，一个女孩吸引了我——一条马尾辫，红色冲锋衣，黝黑的肤色，大大的眼睛，长长的眼睫毛，有印度姑娘的影子。

走到她身边，问："你是达娃？"

女孩回头，大眼睛扑闪，一点儿不认生，爽快地回答："我是达娃,你怎么认识我?"

我说:"一个满脸褶子的男人和一个兔牙的女人委托我找你。"

达娃开心地笑起来,笑得如满山的格桑花开一般明艳:"你是秋姐和老赖的朋友?"

哦,原来那个兔牙女人,叫秋姐。

和达娃往艾提尕尔寺走。路上,达娃说她的母亲是印度人,父亲是门巴族。难怪她长得像印度女人。达娃很小的时候,父亲就走出墨脱,然后从此再没回去过。

达娃十八岁也走出墨脱,先是在西藏,然后是甘肃、四川,满世界地找父亲。这次,她要走新藏线,继续沿途找父亲。达娃拿出父亲的照片。这是一张已经被揉搓得快要失色的旧照片,但能看得出,达娃的父亲年轻的时候,消瘦、精神。

达娃小心揣好父亲的照片,大眼睛望着远方,眼神里带着淡淡的哀愁。这孩子让人心疼,但我却无法安慰她,因为我实在帮不上她,只能想办法逗她开心:"墨脱是个好地方。当年我去的时候,别人都是腿上被蚂蝗叮,唯独我,屁股蛋子被蚂蝗叮。同伴都埋汰我上厕所不擦屁股才被蚂蝗叮。"

达娃嘻嘻地笑,不捂嘴,不做作。红红的嘴唇,肆无忌惮地裂开,露出整齐的白白的牙齿,笑得阳光灿烂。青春,真好。

走进艾提尕尔寺大门,进入寺庙内要脱鞋。

达娃有点不好意思,说:"我的脚有味,不想脱鞋,要不我不进去了。"

我笑，说："前两天，在一帐篷内吃饭，进来送餐的姑娘，脱鞋上地毯，那味道，惊天地泣鬼神，所有人都差点闭气。你不会比她的脚还霸道吧。"

达娃嘻嘻笑，大大方方脱下鞋，和我一起走进寺内。

寺内比较简单，和所有伊斯兰祈祷的大殿一样，雕梁画栋的柱子，平坦的地板。转一圈，没啥特别吸引我们的。

退出，又一起走回那家骆驼酸奶店。

两人依然坐在那老地方。阳光下，两个人很显眼，旁若无人的。老远就能听到老赖那沙哑的烟嗓子。他说得豪迈，意气风发，对面的秋姐笑得温柔，云淡风轻。

我和达娃走过去，老赖收住话题，秋姐也转头，看着我，笑的咯咯。一对兔牙闪闪的，可爱。

凭感觉，我就知道老赖这是在编排我的什么事来取悦秋姐。

果然，秋姐问我："你这个专业领队怎么带队的呀，你们应该先到艾提尕尔寺后去香妃墓的，怎么走反了？"

我说："你不也走反了，不这么反着走，你怎么能遇到老赖？这是天意，是缘分。"

秋姐脸上有些发红，缘分二字让她心动吧。

回头看老赖："大哥，你是不是靠出卖我来取悦美女了？"

老赖回答："兄弟就是用来出卖的。"

我说："这话耳熟。唉，和你朝夕相处这儿大，不如美女一笑

155

颜。寒心。"

老赖大笑。

起身，准备返程回喀什的酒店。

老赖突然问我："方娟呢？"

我说："还在香妃墓写生。"

老赖一咧嘴，说："她早上把膝盖扭伤了，没跟你说？"

得。我说："跟你说了，你给忘了？这才真是重色轻友，你就等着吧。等方娟发飙，看你咋办。"

老赖一摆手："你跟老曾赶紧接方娟去，晚上别等我吃饭。"

好吧，我闪人，重色轻友的好哥哥。达娃跟在我后面，她不想做电灯泡。这几年走南闯北的，她已经不再是墨脱城里那不谙世事的小女孩了，懂得了眉眼高低。

/老赖的又一春/

　　上车，羽书一脸怒气，气哼哼地问："一下车你就没影了。你是泥鳅，还是特工？"

　　我笑，把达娃介绍给羽书和老曾。老曾开着车，听我介绍达娃的身世，突然说了句："让方娟给达娃卜一卦。"我从不知道方娟居然有这本事。

　　到达香妃墓时，天已经很晚了。方娟站在路边背着画架等我们。艰难地，方娟上了车，看得出她的膝盖很难受。

　　开车。方娟疲惫地靠在座椅上，我有点不忍心。老曾和方娟很熟，这两人算是有些渊源。老曾、方娟，同年同月同日生，方娟大老曾一个时辰。所以，这两人之间有点像孪生双胎一样，什么都无拘无束的。

　　老曾开头就跟方娟介绍了达娃，而达娃一直扑闪着大眼睛，偷偷观察着方娟。

▲ 新疆喀什香妃墓，一盏思乡灯一夜相思泪

生活在墨脱的门巴族信仰的是苯教，是一种原始的巫教。门巴族是个神秘的民族，本来就有很多传说。可能，达娃不相信汉族也有能掐会算的人。

方娟勉强撑起精神，询问了达娃的情况，沉思了半天。拿起电话，打给一个人。我能听到电话里是一个年轻女孩的声音，带着东北的口音，活泼，俏皮。

老曾小声说："方娟是在给女儿打电话，她的女儿，好像道行比她还深。"

说了好一会儿，方娟放下电话，问达娃："如果，你的爸爸有了新家，有了新的家庭，有了新的儿女，你还找他吗？"

达娃眨巴着眼睛，沉思了一下，说："找。"

方娟拍着达娃的手，犹豫着说："你爸爸在成都，做生意，又结婚了，还有孩子。"

达娃瞪大了眼睛，半信半疑看着方娟。车厢里，安静。

车，回到我们住的酒店。一直沉默的达娃，跳下车，长出一口气，仿佛下定了决心一般，坚定地说："我回去收拾行李，去成都。不能陪着秋姐走新藏线了。"

我有点担心，虽然她已经二十岁，但在我眼里，这还是个孩子。但是，我去过墨脱，也多少了解门巴族。在那里，十六岁的女孩，就已经结婚生子，当作成年人了。达娃，如果不是走出来，在当地，她已经是剩女了。

老曾问她："成都那么大，你去哪儿找爸爸？"达娃说："我去成都的市场，去所有的店铺。我知道爸爸没啥文化，不可能在高楼大厦开公司。一定是做不大不小的买卖，那我就一定能找到。"

我忍不住，问："找到了爸爸呢？"

达娃说："我只想看一眼爸爸，或许，我都不会去相认。"

我无言。达娃说这话时，一直笑着，黝黑的脸上，笑得很坦然。但是，透过她的眼睛，那扑闪的大眼睛，我能感觉到，这孩子的心里，有多沉重。

达娃走了，不顾我们的挽留，执意要走。老曾好像很动情，弯下腰，主动要求，拥抱了达娃。感觉，老曾有点伤感。

我们转身，进酒店。羽书搀扶着方娟，步履疲惫蹒跚。即将走进电梯时，达娃从外面冲进来，冲到老曾的跟前，把一卷东西塞给老曾，喊了声谢谢，转身，跑了。

她的背影，很矮，不苗条，也不轻盈。头上的马尾辫，摇着，摆着，一晃一晃的，就像她这二十年的岁月，虽然短，却摇摇摆摆。

回头，老曾摊开手，一卷钱。那是刚才，老曾和达娃拥抱告别时，悄悄塞进达娃口袋里的。望着那一卷钱，老曾有点尴尬，不知说啥好。

达娃跑远了。老曾有些落寞，他默默地揣起那一卷钱。被拒绝的热情和善意，让他不太舒服。在城市，在他的公司，如果他这么慷慨地资助一个人，一定会听到一堆感恩戴德的话，也一定会看到一个低眉顺目的表情。老曾不缺那一堆的奉承话，但他还没习惯被这么拒绝。如此，也能让他，让我，让我身边的朋友深切感受到，那十万大山里走出的女孩子，纯真、坚毅的背后，有着城里男孩子远没有的那份刚强和独立。

老曾走进电梯，方娟也疲惫地走进电梯。我却转身，默默地走出酒店的大门。我想独自去转悠一会儿，想在这异域风情的中国城市里，默默地走，静静地想。想什么，不重要。

我刚走两步，羽书从树丛后面赶上来。出乎我意料地，她挽上了我的手臂。虽然，她的身体，和我依然若即若离，并没有紧紧贴在我身上，但这也足以让我有一份莫名的欣喜感。

这一路，每一天我们都在变化着。有些人的变化无形无影，如我。因为旅行的习惯，也因为喜欢独行，所以，我也习惯了面对陌生的环境和陌生的人。

变化明显的，先是老赖。他的精神越来越好，伴随着精神的变好，他的脸色也不再是灰白的，脸颊甚至有了点红晕。虽然，半夜里我还是偶尔能听到他胃疼的呻吟。但至少白天，看起来他和常人无异。

还有个变化，就是羽书。从乌鲁木齐一见面，那个穿着都市白领职业装，一脸冷霜的医生，那个对男人嗤之以鼻的冷漠女人，到现在，主动挽住男人的手臂，

她的内心经历了一段怎样的洗礼。也许从此，她的生活方式、她的内心世界，会有很大的改变。这是我最希望的，真心的。

我俩不说话，各自想着心事。我喜欢独行，从我很小的时候，我就喜欢孤独。小时候，因为性格软弱常挨欺负。出于自保，我选择逃避，逃离同学和同伴的环境。一个人静静地想心事，一个人幻想着自己变成大侠被世人膜拜，不再被欺负。

工作后，不知怎么就喜欢上了旅行。别人不喜欢的出差，我却乐此不疲。常喜欢独自一人踏上旅途。在蔚蓝通透的蓝天下徜徉，不思考，不受羁绊，让心思空白，给大脑放个假。或逆行在陌生城市的人潮中，听着陌生的方言，呼吸着陌生城市的味道。而每一个与我擦肩而过的人，恐怕永远都不会再有交集，这种感觉说不出的奇妙。

我喜欢在嘈杂的人海中静静聆听，人生很多时候是不需要语言表述的。做一个听众远比做一个演讲者更适合我。也喜欢孤独地行走在原野上——无人的原野。让风灌满我的耳朵，填满我的心。

或者脱下鞋，踏入小溪，逆水而上。我喜欢水。风和水有着一样的特质，能够洁净尘埃，荡涤污浊，被风洗涤后的心，轻飘飘的。

总感觉，人，很多时候是需要独处的。独处，可以让内心在安静的属于自己的空间里尽情沉淀。我喜欢把自己分裂成两个人，在无人的空间里跟自己对话，尽情地倾诉。

在一个陌生的城市，在一家不知名的小茶馆，点一杯香茗。在一盏茶的时间里细酌慢饮，享受一份喧闹中的寂静。

也喜欢在陌生的城市街头，找一家小小的餐馆，独自进餐。于细嚼慢咽中潜心品味自己。咽下一口饭，品一下活着的滋味。挺好。

其实，旅行的意义，在于莫测难知的前路，或许前面有风、有雨、有难、有险。可也或许会在下一个路口遇到一个人，一个足以让你的旅行愉悦的人。虽然这不可求，但可遇。

旅者、行者，并没有什么好夸耀的，有的人羡慕那也只是羡慕。旅者的生活，不适合所有人，只适合那些不羁的人。

一个人的旅行无所谓好与坏，也不需要向别人证明什么。独行只是个人喜好的一种方式。人这一辈子就是一场孤独的旅行，没人能陪你从生到死。

所以，一个人旅行，行李不重要，带上灵魂，不孤单，才重要。去一个陌生的地方，去发现一种久违的感动。

思绪，不自觉就有了些伤感，我忘记了还有个人挽着我。直到羽书对我说了句话，才将我惊醒。问她："你说什么？"羽书说："我饿了，想吃那个。"

抬头，对面是马家牛肉面，好像是只有新疆才有的连锁店。

和羽书互挽着亲密地走进店。我俩站在吧台前。我对服务员老大姐，用生硬的语调说："牛肉面，一碗。清汤面，一小碗。"

羽书笑，说："还要一碟小菜。"

新疆的拌菜，主料大都是胡萝卜、大头菜和皮牙子。

我逗羽书："皮牙子不好，亲吻时有口臭。"

吧台的老大姐哈哈笑，指着我说："你，北疆的？"

我竖了一下大拇指，很得意，因为我有语言天赋，我学各地方言很快的，而且比较地道。

大姐一指羽书："你，北京？"

羽书也笑，笑得开心。

等着面，羽书坐在我对面，问我："你以前是干吗的？"

我老老实实回答："国企，中国曾经最大的国企。"

她问："怎么又做了导游？"

我用导游界内部最经典的话回答她："从小，我就梦想做一个大人物，每天出来进去，身边有人前呼后拥，问这问那，我永远是人群的中心点。长大后才知道，大人物有限。无论我怎么努力，我

163

都不能成为被人前呼后拥的那类人。但有一天，我突然发现，导游能实现我的梦想。每天，游客都会围绕着我，我被前呼后拥，无数人都在询问我，我是团队的中心。只是散团时，我会毫不犹豫地落荒而逃，受不了那份失落。"

羽书看着我，说："你今天怎么了，这么落寞？你讲的每一句话，我知道都想逗我开心。但是，你贫得一点都不好笑。"

我沉默，因为我也不知道我这是怎么了。

喀什的马家牛肉面，秉承了西北拉面的传统特色。汤清，味浓，面筋道、均匀。面上码着几片煮熟的白萝卜片。

羽书吃了一口面，皱了一下眉。对她来说，这虽然是一碗看不到牛肉的清汤面，但那浓浓的牛肉汤还是让她有些反胃。

羽书要来一小碗老醋，拼命往汤碗里加，直到我在对面都能闻到让我牙根发酸的浓浓的醋味，她才心满意足地吃起她那碗老醋牛肉面。

我不禁好奇，这么挑食怎么就去了非洲。羽书说，那是年初，医院开会动员，要援建非洲医疗队。原则上，所有的医生都要轮流去一次，每次六个月。当时，羽书的科室几乎人人都有理由延后去，无非是父母身体不好，或者孩子太小或者孩子面临中考、高考，只有羽书没有任何理由。理所当然地，羽书成为第一批援非医疗队成员。

我突然有点醒悟，问了她一句："在非洲，你跟一个和你同样是单身贵族的女医生一起工作？"

羽书点点头。

我又迟疑地问："你们同吃同住？"

羽书迟疑了一下，但还是点点头。

我无语。

能想象在非洲那么一个复杂的环境，有个人，白天可以出双入对地陪着你，晚上可以同床共枕地伴着你，可以想象，对于羽书，这个对男人本就有些抗拒的女人来说，那个人就像一根救命稻草，抓住了就不愿撒手。

羽书埋着头，吸溜吸溜地使劲喝着牛肉面汤，我能感觉到她喝得夸张是在掩饰复杂的心情。过一会儿，羽书抬起头，满头的汗，红红的眼圈。我低下头，假装没看见。

过一会儿，感觉她平静了很多。我才问："不是你自己报名的吗？"

羽书冷哼一声，她的语气，她冰冷的神态，又回到了当初在乌鲁木齐刚相遇时的样子。漠然、冷淡、不屑一切的表情。

她说："回国后才知道已经取消了非洲援助医疗队，等于我是最后一批。而院里出发前承诺的职称、奖励等，一概不提，只给了我一个月的假期。可我休假干什么？我没有地方可去，也没朋友。"羽书顿了一下，才说："于是，被我姐委派来监视我姐夫。"说完，她也忍不住扑哧一声笑了出来。

这世上，有些人特别不扛念叨。这边，羽书刚说完被她姐派来监视姐夫，那边门外，老曾搀扶着方娟走进来。

方娟的膝盖，是常年坑登山穿越弄成的习惯性扭伤。这会儿除了走路有些吃力，方娟的精神状态看起来还不错，疲惫感也消除了不少。他俩的身后是老徐。

老曾扶着方娟坐过来，刚坐稳，就故作严肃地对方娟说："你帮我算一卦，看将来我和他，是能成连襟还是成哥们。"

方娟看了我一眼又看看羽书，笑而不语。

羽书抓起筷子在老曾的肩上敲了一下。我倒是乐得就坡下驴，笑嘻嘻地叫了声姐夫。老曾得意，笑得张扬，震人耳膜。

趁他们等面的工夫，我问老曾："知道老赖和老婆的关系怎么样吗？"老曾的神色暗淡了下来，叹了口气："老赖的前妻死于脑溢血，走得很突然。老婆死后，孩子跟着姥姥生活。那年，老赖的女儿才十三岁。当年，老赖刚刚做了执行庭代理庭长。庭里接到一申请执行的案子，离婚，财产经过法庭判决后，男方拒不执行法庭判决，强行扣押女方应得的财产。执行庭派了两次法警都没能执行下来，因为被告方是一家派出所的指导员，警察。

"这事给汇报到老赖这里，他的驴脾气上来了。开着警车来到派出所，拽着那个指导员的脖子，一把揪出办公室，要把他带去法院。那指导员不是不懂法，知道真的被老赖带回去，弄不好抗拒执法是要被拘留的。

"但是，这毕竟是在自己的地盘上，指导员在走廊大声喊人。派出所的警察聚拢出来，有几个愣头青就要动手。老赖眼睛一瞪，亮出证件，报出名号。那时的老赖，公检法内小有名气。这一下，谁都不敢动。连那个教导员都傻了眼，最后，还是所长出面安抚住老赖。那指导员也乖乖交出了分给女方的财产。

"这女的，是一家宾馆的前台经理。对老赖感恩戴德，却无以为报，于是，默默地帮着老赖照顾着他的女儿。有了她的帮忙照顾，老赖干脆把孩子接回了家。其实那时，老赖还有一个正在相处的女友。一晃就是两年，老赖生日的时候，女儿正式跟老赖提出要出国读书。

"让老赖始料不及的是，女儿跟他谈这事的时候，已经自作主张退了学。没办法，老赖只好给女儿办理了去新西兰留学的手续。临走前，女儿指定老赖一定要跟照顾她的这个阿姨在一起生活，理由很简单，这个阿姨会照顾人。于是，老赖跟这个前台经理就生活在一起。如今已经十年，俩人一起生活着，却没正式登记结婚。

"这次老赖查出绝症。起因是，老赖有一天正开车，感到胃部一阵剧痛，他把方向盘一扭，车给勉强停到路边，他也疼得昏了过去。醒过来，他去医院做检查。第二天去拿化验单。去找医生的路上，老赖撕掉了化验单上自己的名字，找到医生，老赖只说是自己的同事。医生自然实言相告，虽然没做病理切片，但是，很有可能是癌。老赖倒是很镇定，问：如果是癌，还能活多久？医生说，基本可以肯定是癌，最多一年，最少半年。

"从医院出来，老赖做了三件事，卖了自己的车，卖了一套以前单位的福利分房。然后取出钱，分成两份，给远在新西兰的女儿汇去一份，给生活了十年的老婆一份。剩下的一点零头，带着来了新疆。而他的那个生活了十年的老婆，对他还是挺有感情。但是那女人的妈妈，极力劝阻女儿再跟老赖一起生活。就这样，老赖独自一人来到了新疆。"

我听完这段话，不仅也有些唏嘘。这场病，对老赖是不幸的。但我感觉，生命中其实没有幸福或者不幸这么一说，在我看来，生命只是活着，静静地活着。或者说，当生命对你开始倒计时的时候，能坦然也是一种境界。是孤零零的，还是轰轰烈烈的，都没有什么意义。

人是为了活着本身而活着，而不是为了活着之外的任何事物而活着。同样，必须去死的时候，再讲求什么仪式，也没意义。莫不如像老赖这样，活着一分钟，潇洒六十秒，安静地去一个自己向往的地方，把一切百感交集，一切千载难逢，一切万般无奈，都细细品味。命运似乎总与人作对，但谁又能抛弃命运的安排。

当生活发生了巨大的变化时，唯一不变的可能就是"活着"还是不容易。人，最重要的是活在当下。很多人，很多时候，看到即将离世的人，除了唏嘘之外，也会顺便检讨自己的生活方式。

有多少存款不过是纸上富贵。有多大的房子，也不过是坐着屁股大一块地，躺两米长的一张床。纵使住了千平别墅，除了比别人多请了两个保姆外，也不会比住在八十平房间但是全家和睦的一家三口幸福多少。

活着时，走万里路、品百种滋味，总比拼命赚钱活得有滋味。这顿饭，所有人都吃得没有滋味。老徐一声不吭地埋头吃饭，吃完后打包一份，匆忙离去。看来连日的疲惫让徐嫂的身体吃不消了。

老曾一边吃饭一边给老婆打电话。家里这个高龄孕妇让他很是牵挂。

羽书被刚才的谈话刺激到了，这会儿坐在那儿，一脸的落寞。

面馆里其他的人都很开心，脸上挂着阳光般的笑容。你看不出他们有什么忧愁，但这笑容深处，每个人的心底都会有那么一小片寸草不生的死海吧。那片死海是每个人的心结。可能，即使解开一个结，还会有下一个结，而永远都解不开的，是生活的辛酸打的结。

站起身，我走出去。今天，按说我该很轻松，但不知道为何，情绪突然就变得这么低落。

站在大街上，天已经擦黑，可是在新疆，这个时间正好是下班的时间。马路上，车来车往，灯火闪烁。耳边是听不懂的语言，眼前是陌生的、和我不一样的面孔。一瞬间，我有些迷惘，不知身在何处。我当然知道，我在新疆，我在喀什，但我来这里干吗？我能寻找到什么？

▲ 平凡的哈萨克一家人 ▲ 维吾尔族大爷独特的小提琴演奏

胳膊被轻轻地挽起。一个温热柔软的身体靠了过来。

我侧目，羽书仰头看着我。她的眼睛，在路灯映衬下一闪一闪的，一片的柔光。挽着羽书，一起走在路边的树荫下。心，瞬间安定了许多。

新疆的秋天，白日里炽热的阳光将傍晚的空气也晒得柔和清爽。树叶的香气带着干净纯粹的泥土的味道，完全没有夏日的那般腥鲜。我喜欢这个季节，更喜欢这个季节的边疆城市喀什。这个季节的新疆，红叶有红叶的香气，菊花有菊花的淡然。总之，秋天是可以看到更可以嗅到的。秋天是四季中最具魅力的，它蕴藏了至为经典的色彩。

羽书低着头。我能感觉到她在思考，在斗争。

果然，在一个转弯处的树荫下，羽书站定，松开我，走到我对面，双手打在我的肩上，深呼一口气，似乎下了很大决心。

"假如，"她费力地说，仔细思考着该怎么表达她的意思，"假如，我爱上了你……"

我笑，打断她的话，说："爱，没有假如。"

羽书使劲摇摇头，说："别打断我思路。我是想说，假如，我爱上你，你有再婚的打算吗？你不用着急回答我，你要想好，你会再婚吗？你还会要个小孩吗？你和我的。你能保证，婚后你不再这么漂泊吗？"

顿了一下，羽书的语气加快："你跟老曾是哥们，你可能知道吧，我姐是大姑娘嫁给老曾的，老曾和前妻的孩子都上初中了。我姐为了要个自己的孩子，和老曾斗争了三年，现在才有了自己的孩子。我想，咱们之间应该把话说清楚。我喜欢有事说在当面。"

突然感到胸闷了一下，我有点手足无措，不知道羽书这是哪来的勇气。她居然把这层窗户纸轻易地捅开了。

我一直以为，她孤傲的性格，她固执的状态，以及说不清道不明的一些原因，我很难打动她。现在看来是我忽视了一件事，每一个女人都对做新娘、做母亲，充满了无限的向往和憧憬。

我的脑子急速地转动，我知道，我的每一句回答对面前这个女人，这个已经不年轻的女人，都极为重要。

我刚要说话，羽书突然"啊"了一声，一指前方："你看，快看。"

我回头，不远处，老赖搂着秋姐的腰，有说有笑，旁若无人地走过来。

拉起羽书的手，我们躲到树后。不知是真的紧张还是有意的，羽书居然靠过来，几乎靠进我的怀里。

低头能看到羽书柔顺的秀发和闪亮的眼睛，鼻息中能嗅到她淡淡的体香。见我低头，她把手指竖在嘴唇上，嘘。

又指了指对面，我转过头看。老赖不知给秋姐讲着什么事，沙哑的烟嗓子发出嘎嘎的坏笑，脸上的褶子都笑开了花。

秋姐静静地听着，无声地笑着。一对兔牙在路灯下亮晶晶的，分外醒目。

心，没来由抽搐一下。我靠在树上，目送着老赖从树前走过，内心真诚地为他祝福，为他高兴。或许，这个叫秋姐，有着一对兔牙的女人，和老赖有着扯不断的缘分。

今生，这俩人在特定的地方彼此相遇，不是寻找，没有刻意。情缘一事，寻不到，也刻意不来。所有的这一切都是前世锁定的。

看着老赖的身影在夜幕下很快地模糊，我长出一口气，低头发现羽书已经靠在我的胸前。痴痴地，羽书望着远去的那两个人，呆了。

我拍了一下羽书的肩，她抬起头，站直了身体，却讷讷地说了句："原来，爱可以如此简单。你觉得，老赖他们俩这算是一见钟情吗？"

我说："这不是一见钟情。老赖或者秋姐，他们都已经过了冲动的年纪。他们的社会阅历，他们的生活经历，让他们都绝不会再相信一见钟情。我倒是为老赖高兴。也许，对他来说，这段感情，这个女人，是一副良药也说不定。"

羽书说："老赖倒是个性情中人，只是如此简单就爱了，以后呢？"我说："既然，人活着就无法长生不老，又何必苛求感情能长久不衰？"

羽书看看我，低头想了一下，说："或许，我这前半生就困惑在对感情没有安全感，才让自己活得这么累。"

我给老赖发了个短信："老哥，我猜你今晚不回来住了。"

半天，老赖短信回来："你晚上去老曾房间住，明天我请你吃羊头。"

我看着老赖的短信，仰天大笑。

羽书踮起脚，巴巴地够着看我的手机。她很纳闷是什么信息能让我笑得如此失态。

我把信息给她看，对她说："爱，在简单的人身上就是这么简单。中午认识的，傍晚相拥而走，也许晚上就同床共枕。不考虑以后，甚至都不考虑明天。所以，老赖这样的人不会被病魔吓死，还会得到意想不到的东西，比如……"伸手，我朝着老赖消失的方向一指。

羽书认真地看着短信，又抬头，呆呆地看着前方。虽然已经看不到老赖和那个女人相拥而去的身影，但羽书依旧痴痴地看着。

我不作声，我等着她能想明白一些东西。很多事，别人开导不来，只能靠她自己去顿悟。

大概过了几分钟。羽书突然转身，看着我，脸上一副茅塞顿开的轻松表情，说："你是说，天明就分开，那，老赖这就是传说中的一夜情吧？"

我瞠目结舌，一脑门的黑线。她沉思了这么久，居然就顿悟了这个。

我捧起她的脸，盯着她的双眸，认真仔细地盯着。

羽书有点慌乱，一叠声地问我："怎么了，你看什么？"

我说："我透过眼睛，看看你大脑里的程序，要么中病毒了，要么就是该升级了。"

/爱情，就这么简单？/

回到酒店，我依旧回自己的房间。我不相信老赖会带着那个女人来这儿住。

打开录音笔，我开始整理新疆这一段行程中的攻略和事项。中国的各个省份中，真的能称作广袤无垠的，只有两个地方：西藏、新疆。

新疆的路能让车跑绝望。我不了解新疆的公路测绘是怎样计算的里程，开车走在路上，看着路边的里程碑，距离目的地，八十公里。一脚踩油门下去，时速百公里以上，再跑两个多小时，看一眼路边的里程碑，距离目的地还有四十公里。这样的事几乎每天都在发生，有时真怀疑脚下的车轮是不是在原地打转。

吃：南疆这边，越是深入腹地，饮食越是纯粹，以牛羊肉、面食为主。羊肉拉条子、过油拌面、烤馕是当地人的主食。内地人，羊肉吃多了会上火，也不容易消化。这会儿，车队里好多车友都口腔溃疡。幸亏车队有羽书这个专业医生给大家补充维生素，提醒多吃青

▲ 新疆的公路笔直，路况很好

▲ 一路上，公路限速，只有这美景还能提神

▲ 新疆的秋天

菜。每顿餐后，羽书都发给大家健胃消食片或者山楂卷。

住：新疆的城市比西藏要繁华得多。酒店的设施、接待能力都和内地相差不多，这一点比西藏强很多，卫生条件也很好。

购物：新疆的民族手工艺品带有浓郁的异域风格，很精美。新疆的地毯和羊毛披肩都是值得购买的。和田玉，假的多。英吉沙小刀，已经从实用用具变成了工艺品，中看不中用。

总结完南疆之行的攻略，刚收起录音笔，羽书发来了短信：你能总结一下你自己吗？我感觉看不清你。

我回：一个浪子，不够安分。喜欢漂泊，喜欢美食，喜欢美女。

脱衣服，准备冲澡。

羽书的短信，又不依不饶跟过来：这个不用你说，我想知道你的内心。

我回：你做过手术吗？心脏手术，切开胸腔，你看到的是啥？一颗血红的跳动的心脏吧？但是，你看得到心脏，你能看到心脏在想啥吗？

羽书回信：讨厌你这样的语调，我就是想看看你怎样自我剖析。

我坐在床上，光着膀子，从门口的穿衣镜上瞥了一眼自己。

想了想，回复她：每次回到我童年生活的那个城市，对着那熟悉的街道，聆听熟悉的乡音，我没觉得舒坦，总是感觉我如同那故宫城墙下的一根青草。随着四季变迁，岁月流逝，在阴暗的角落里，变黄变枯，直到完全枯萎，丧失了草的坚韧与固执。有时，我又感觉，自己已蜕变成了城墙上的青苔。攀附在墙脚，渴望越过那高不可攀的墙体，伸展躯壳，爬向有阳光的地带。可我终究是青苔，命中注定只能生活在阴暗中。在往昔高贵的皇城下，我只是它背面的一片污渍，卑微到有些无耻。于是，我就拼命地漂泊，远离城市，让阳光照耀我，免得真的发霉。

短信太长，分三次才发出去。我的破手机，实在跟不上潮流。但是我却用得顺手。我总觉得，手机只是个工具，不代表身份，也不代表潮流。

走进浴室，还没等我去调节水温，手机的短信音又不断地响起。看来今晚注定不会消停。今晚，羽书想做个决断。

这是我始料未及的，我没想玩弄羽书，我是真的有点喜欢她。但这种喜欢，还没有冲动到让我不顾一切去跟她结婚。

归根结底，我还是有自卑感，我了解老曾的婚姻状况。老曾娶羽书的姐姐也是顶着压力的，羽书的家人也曾极力反对。原因就是，老曾是二婚且有个女儿，而羽书的姐姐是大姑娘下嫁。

婚后，羽书的姐姐一直想要个自己的孩子。而老曾却不想再要孩子，他怕委屈了自己的女儿。

为此，老曾和羽书的姐姐斗智斗勇了三年。直到今年，老曾的女儿上了初中，可以住校，也已经懂事。而且这三年，羽书的姐姐也真的把老曾的女儿当成自己孩子一样悉心照料，老曾被感动。况且，老曾也很想要个儿子。那么大的家业，他也希望有个儿子来继承。

所以，直到现在，老曾和羽书的姐姐才终于怀了他们的孩子。这中间的林林总总、是是非非、坎坎坷坷，绝不是外人所能体验的，也不是旁人能理解的。

因此，从开始，我就没奢望羽书能认真。因为羽书是聪明的女人，姐姐的一切，她都看在眼里。我一直觉得她肯定不会重蹈姐姐的覆辙，嫁一个有孩子的二婚男。

尽管，我从没觉得离婚的男人有多可耻。但是实话说，直到现在，我也从没敢奢求，能有个大姑娘爱上我。

所以我真的没想好。

我对再婚没那么恐惧，但是对再当爹，我是万分恐惧。

赤裸着上身，回到房间。拿起手机，这会儿，我有点惧怕手机，惧怕看羽书的短信。

事情演变到现在，我从主动变为被动。

不被我掌控的那种忐忑感，让我有些迟疑。

羽书的短信：抛开要个孩子这问题，我只想问你，你对感情这种事，怎么看。我个人，因为书看得多，中毒了。总认为，感情应该是纯洁的、炽烈的、永恒的，这才是真爱。可是现实世界里，比如姐姐和老曾，他们恋爱时，死去活来。要结婚时，慷慨真挚。但是婚后和绝大多数夫妻一样，争吵、冷战、淡漠。对此，很替姐姐心冷，不值。难道这就是情感的轨迹，谁都无法逾越吗？

羽书的第二条短信：其实我也明白，这世界的所有人都不是表面那样的。就如你并不像你表现得那样洒脱。你的内心也远没有你表现得那么坚强。比如老赖，他也没有那么豁然。只是面对了，不管豁然，还是颓废，都无法改变结局时，老赖才被动地选择豁然。再比如我，我把自己伪装得很天真，其实那不过是为自己嫁不出去，找一件迷彩的伪装。我想让别人以为，我是因为天真而选择纯洁到底。其实，内心来讲，在这个花花世界里，谁又能真的纯洁，真的天真？

我在心里叹息一声。这个女人，妖精一般，精明，善于保护自己。却因此，她的内心脆弱得就像薄玻璃，纯洁透明，却一碰就碎裂。

恰巧这时，我收到一条垃圾短信。是那种通讯公司发的，我把短信重新编辑修改后，发给羽书：就像无论女人怎样精心呵护，都无法抵御岁月催人老。所以，爱、感情也是这样的轨迹——

爱着爱着、爱就淡了，

梦着梦着、梦就断了，

笑着笑着、笑就哭了，

哭着哭着、泪就干了，

走着走着、就走散了，

等着等着、就等没了，

想着想着、想不起了，

盼着盼着、盼不来了，

淡了、断了、哭了、干了、散了、没了、想不起了、盼不来了。于是，曾经的誓言，变成了玻璃上的霜花，在阳光下渐渐地消散。

短信发出。半天没动静。心里突然空落落的。丢下手机，去冲澡。冲完澡，回到房间，来不及擦干头发，就急忙去看手机。没有。心里开始无端地惆怅。

突然，从走廊里传来吵闹声。开始时候，声音不大。大概过了两三分钟，一个男人很大声地吵、谩骂。我看看表，已经半夜，于是，套上一件T恤，打开房门走出去。

走廊的另一边，一个男人正一手叉腰一手指着一个房间骂，而房间里好像有几个人也在对骂。

这是今天入住的一个旅游团。早上出门时，在电梯上遇到过这伙人。我依稀记得，这个叉腰骂人的年轻男子好像是这个团的导游。因为在电梯里，看到他胸前挂着导游证。职业习惯吧，对导游会多看几眼，所以记住了他。

我走过去，到这个男导游跟前，把手指竖在嘴唇上，嘘了一声，小声说："半夜了，你们有什么问题能关上门解决吗？请不要影响别人休息。"

那个导游回过头，上下打量我一眼，盛气凌人地一指我的鼻子："你是谁？关你屁事。"

我今晚火气也大，正找不到发泄口。于是我也提高了声调："你影响了我的团队休息，就关我事。"

这导游轻蔑地一声冷笑："东北人？你知道这是哪里吗？"

我说："这是中华人民共和国的新疆自治区，怎么了？"

他有意摆弄一下胸前的导游证，似乎在提醒我他是新疆人。他冷冷地一笑，指着我的鼻子说："这是在新疆，不是你们东北。"

还没等我说话，身后的一间房门砰地一声被打开。一个沙哑的烟嗓子，冷冷地阴阴地说了句："谁这么牛？"

我心猛地一紧。不用回头，这声音我太熟悉了。这大半夜的，难道他就在这层楼和那个兔牙女人开了房间？

回头，一惊。平时的老赖要么平静如水，脸上的每一道皱纹都像是藏匿着一段故事一般深沉，要么嬉皮笑脸，老顽童一样无拘无束，我们可以肆无忌惮开玩笑。可是现在，老赖光着膀子，赤裸的上身，精瘦，肌肉结实，血管突起。头微微低着，眼皮上挑，翻着眼睛盯着前方。那眼神，阴冷、凶狠，带着残忍的冷酷。两手紧攥着拳头，胳膊上的肌肉一突一突地跳。活脱脱一只即将扑向猎物的豹子。

下意识地，我挡在老赖身前。我意识到，他年轻时每一次上擂台一定就是这个状态。阴冷、凶恶，一副必置对方于死地而后快的样子。别看他现在疾病缠身，可是受伤的豹子才是最危险、最凶恶的。一旦他出手，那个咋咋呼呼的导游绝对经不起他的两拳。

我挡住老赖，迎着他的眼神低声说："大哥，咱别惹事。再说他也不值当你出手。"

老赖缓缓地抬起头，眼神温和了很多。但我却注意到，老赖的左手手背上在流血。莫非老赖受了伤？

还没等我开口问，从老赖出来的那个房间里又出来一个人。是羽书。

我突然醒悟到这是羽书和方娟的房间呀。大半夜的，老赖怎么在这里？看来今晚注定是个不平静的夜晚。

这会儿，走廊里静悄悄的。那个咋咋呼呼的导游已经被老赖阴狠的眼神吓得不敢吭气。他对面房间里的人看不到外面的情形但知道有状况，也不敢说话。

羽书看看老赖的背影又看看我，刚要说话，但又被人从房间门口生生地挤出来。

绝对是被挤出来的，因为挤她的人，脸还没出现，就先露出来一个肥肥的颤颤的大肚腩。是老曾。穿着一件半袖的睡衣，敞着怀挺着孕妇般的大肚子走了出来。

我一直觉得方面大脸、大耳朵、大嘴巴、大肚子、大高个子的老曾，如果他去演鲁智深，基本不用化妆。

老曾一个大步就冲过来。一把拉开老赖挤到我面前，隔着我伸出他的长胳膊。一把，他那大手像抓个皮球一样，抓住了那个男导游的头，问了句："咋了，兄弟？东北人咋了，有事您说话？"

老曾的大肚腩顶着我，那热乎乎的气息压迫得我呼吸困难，我一使劲推开他。回头，那导游正满脸涨红地低着头，讷讷地说："没事，真没事。"

各个房间的门陆续都打开了。

东北男人习惯光膀子，几个房间里走出来的我的队友们，男的几乎都光着膀子，大腹便便的，一个个横着就出来了。

我急忙把老赖和老曾往房间里推。羽书也过来，一把抓起老赖的手，用酒精棉按住老赖手上的出血点。

把人都赶回房间，我回头对那个导游说："我也是做导游出身，咱们算是同行，有啥事不能商量解决？为啥就一定得大吵大闹的？你一个大小伙子和女人对骂，你还是个男人不？"

那导游靠在墙上，一脸的哭相，说："他们这个团，我是花了一万六的保证金从旅行社接出来的，每人一千买的。这都出团六天了，进了六个购物店，他们相互提醒，死活就是不购物，自费项目都死活不参加。我咋办？难道我辛辛苦苦带一个团出来，临了还得赔一万多？这也就算了，还找茬。这不……"

他话还没说完，从房间里跳出来一个女人。我看不出这女人的实际年龄，因为她的脸上蒙着一张金黄色的面膜，黄金面具一般，在半夜走廊昏黄的灯光下，显得很诡异，瘆人。

这女人的语速快，鸟吟唱一般好听，一口气说了老大一堆话，可惜，我一句没听懂。

我举手做了个暂停的手势："您能慢点说吗？您不喘口气呀？我都快给您憋死了。"

从房间里又走出来一女人。这房间里的女人真让人敬佩。一个个特点鲜明——时尚。这个脸上蒙着银白色的面膜。说话慢条斯理的，就像盛夏里阳光下晒了一天的凉开水。

"这个吧，同志，你听我说好吧。这事吧，还真不怪我们。我们是来新疆旅游的，不是来购物的。要说购物呢，你也带我们去适合的地方呀。来新疆，你带我们去买点吐鲁番的葡萄干呀、达坂城的西瓜呀、新疆的哈密瓜呀，这我们都能接受。可他带我们去的，什么手工地毯，一小块，几万元。那东西现在谁家还用啦好不好呀？会生细菌的好不啦？还有什么玉器店的，拿我们当乡下人咧。天底下哪个不晓得那些玉器都是假的耶，再说了，我们这个团，明明定的是三十元的餐标，可是给我们吃的，那是人吃的吗？土豆片，白菜片，萝卜丝炒洋葱头，一点点的肉丁都看不到。"

我回头，审视那男导游。这是旅游界的一个恶习——导游克扣餐标，全国哪儿都有这样的不良导游。三十元的餐标，他敢暗地通知餐厅降标到十五元。每人每天克扣两餐就是三十元，一个十六人的团队，一天就能克扣下来接近五百元。

那导游也是满脸的委屈，小声跟我嘟囔："不购物，我就得从他们嘴里往外抠。"

我把几个人都赶回房间。大半夜的，在走廊里说话实在招人讨厌。进屋，我问那带"白色面具"的女人："你们的团费多少钱？"女人以慢悠悠却颇为得意的口气回答："双飞，十二天，五千八元。"

我哑然，真便宜。这钱仅够双飞的机票钱。在新疆境内的十二天，吃、住、行，景点、门票、包车费，全都靠自费项目和购物店出钱。难怪导游头痛。

无奈。我断不了这官司，我也平息不了彼此的怒火。我从房间退出来，这样的导游和游客之间的闹剧，全国各地每天都成千上万地在发生着，一点都不稀奇。只是走出来前，我郑重地告诉那两位，达坂城不产西瓜，达坂城的西瓜大又甜，那只不过是王洛宾老爷子的美好愿望而已。

我推开羽书的房间门，往里一看，愣住了。怎么会这样？羽书小小的房间里，横七竖八地躺满了人，猛一看还以为走进了战地临时医务室。老赖趴在床上，腰上热敷着一只小热水袋，手上扎着输液针。老曾趴在他的身边，手上也挂着输液针。

另一张床上，方娟靠在床头歪坐着，膝盖上贴着膏药。徐嫂躺在她身边，手上也挂着输液针。墙上吊着三个医用盐水瓶。屋里充满了药味和酒精棉的味道。

羽书里外满地转悠着，桌子上是她的小急救包。一旁，兔牙秋姐在给老赖轻轻地按摩着后背。窗前的椅子上，老徐瘫坐着，歪着头，呼噜声犹如要进站的蒸汽火车鸣笛一般。

老赖胃病犯了，腰上的运动老伤也犯了，刚才听到我和那个导游的争吵，他拔下输液针就冲了出去，难怪手背上流着血。老曾肠道不适，连拉带吐的，徐嫂也是同样症状，应该是水土不服，加上羊肉吃多了上火的缘故。而方娟的膝盖，是玩登山留下的后遗症，习惯性运动损伤。新疆的漫漫长路，的确是个心理、体力、耐力的多重考验。

羽书抬头，看了我一眼，说："去帮徐嫂把针头拔下来。"

我急忙摇头，我晕针。

羽书有点奇怪地看着我："你不是晕血吗，咋又晕针了？"

老曾说："他还晕高呢。还是我小姨子惦记你，你在走廊跟人吵架，她就担心你会打架。怕你打架见到血就晕过去，老赖这才不管不顾地冲了出去。"

感激藏在心里。我对羽书微微点了一下头，表示我的谢意。

走过去，蹲在床前，我问老赖："你咋样？好点没？"

老赖嘿嘿笑，笑得像个老顽童，全然不见刚才那豹子般的阴狠凶恶像。他一指兔牙秋姐，说："都是她害的，中午陪她吃馕坑烤肉，把胃吃疼了。一下午都陪她逛街，腰走疼了。所以我就讹上了她，今晚她必须照顾我。"

我心里发笑，这老顽童是个赤裸裸的无赖。

我坐在床前的地板上，屋子里实在没有我坐的地方。地板上并不干净，但我坐得坦然。

老赖输完液，站起身望着我，说："是你给我腾房间，还是老曾给我腾？"

我装傻，故意问他："给你腾房间？你不回咱那房间睡？"

没等老赖说话，那个叫秋姐的女人说："谁都不用折腾，我回我住的酒店睡。"

老赖一指我，笑着说："这家伙睡觉打呼噜，比老徐的呼噜还霸道。我早就受不了他了。再说今天都是为了陪你才把我弄成这样，你有义务今晚照顾我。"

那副坏笑，那调侃的口气，活脱脱的无赖相。这就是老赖的另一副面孔，让你忍俊不禁地想笑他却又不忍揭穿。

秋姐不语，做犹豫状。但谁都能看出来她这是故作矜持。谁都能感觉到这两人早就达成了默契。

我站起身，对老曾说："把你房卡给我，我逃亡去你那儿。"

老曾一伸手，扒下手背上的输液针。

羽书惊叫了一声："姐夫，你干吗，还有那么多没点完呢。"

老曾满不在乎地一摇头，走出了房间。我跟着，刚走到门口，羽书从后面一把抓住我，小声说："不许睡，等我短信。"

回到老曾的房间，我躺在床上思量老赖这个人。无疑，他是一个生活的智者。同时他又是个有着双重性格的人。

他有坚韧的性格也有玩世不恭的心态。他忠于身上的那身制服，但也有着豪爽和匪气。

时间这把锉刀，圆滑了他的性格。但是，在内心深处，他固执地坚守着那么一块领地，那块领地让他棱角毕露。

他没读过多少书，但社会这所大学，生活这个老师，教会了他怎样在这个繁杂的社会中如鱼得水。

他天生是个人物，他的身上有着天然的魅力。不论在哪里，不论多少人，他都会是中心。所有的朋友都心甘情愿地围绕着他。这样的领袖气质应该是天生的。

在他过往的经历中，既有让人钦佩的执法如山、耿直正义的事迹，也有过为了哥们两肋插刀的冲动时候。

我躺在床上，正胡思乱想。

老曾冲完澡走出来，问我："你猜，老赖和那个女的这会儿在干吗？"

我哼了一声，这还用猜，睡觉呗。但是，肯定不会有啥情况，老赖现在的身体，每天半夜都会疼得起来吃一遍药，不大可能会折腾事吧，况且他的腰也犯了病。

老曾摇摇头，说："我不担心这个，这么多年的哥们，我太了解他。我担心他会脱团，陪着这个兔牙女人走新藏线去拉萨。"

我惊讶地坐起来："不会吧？他不要命了？就他那破胃，还不得半路就挂了？"

老曾叹息着说了句："这次出来，他就没打算再活着回去受罪。"

嗯，我能感觉到，以老赖的性格，不会甘心被病魔就那么折腾死，他倒是宁愿死在路上，即使不能轰轰烈烈，也一定得有点尊严。

我喜欢这样的性格。

我非常感慨地对老曾说："谢谢上天让我认识你，谢谢你带我认识了老赖。"

老曾淡淡地说："这都是缘分，注定的。"

刚说到这儿，手机响。老赖打来的。看看表，已经凌晨两点了。莫非？

急忙穿上衣服，打开门去老赖的房间。老曾挺着大肚腩紧跟着。敲门，老赖开了门，但堵着门口不让我俩进去。挠着头，老赖有点不大好意思，开口说："明天，我想，那啥……"伸手指指房间里，老赖接着说："我想跟她……"

我一伸手，做个暂停的手势，说："打住，老哥，这个免谈，绝对不行。"

老曾在身后也说："想甩开我们，门儿都没有，你必须跟着团走到底。"

老赖眉头一皱："你俩说什么呢？明天咱们不是要去老城区吗，我想能不能让她在咱们车里挤一挤，一起去玩。"

我和老曾相视一笑。

老曾揶揄道："咋了大哥，这就难舍难分了？"

老赖绷起脸，一本正经地说："还真别说，我现在真有点舍不得离开她。"

我笑："大哥，你现在的身体呢？"

老赖拍拍我的肩，严肃地说："放心兄弟，我知道自己的身体啥情况，再说我一将死之人，活着这两天只想开开心心的，绝不会去害人。今晚西部无战事，放心吧。我不是愣头青，有分寸。"

回到房间，羽书的信息也跟进来："你说，老赖是爱上那个秋姐了吗？为啥这么容易就能爱上一个人，这个年龄不应该再相信一见钟情吧？反正我不信。"

我回她短信："很容易就爱上那么一个人，是因为看透了很多东西。就如很容易就拒绝一个人，也是因为看透了。其实这俩人不容易。他们生活在同一城市，过往的日子里却没有任何的交集，也许相遇过但彼此擦肩而过了。现在，在这遥远的边疆城市，一个是孤身探险进藏的女子，一个是寻找生命最后印记的男人。相遇了，爱了。这多不容易呀。这就叫缘分吧。"

半晌，羽书才会过来短信："有人告诉过你吗？你的文字很有魅力。"

我回她："有呀，现在就有人在告诉我。"

羽书回信息："真的，不开玩笑。你的文字很成熟，很有魅力。不像你平时没个正经那么臭贫，一点不像个成熟男人。"

我回："竖起衣领，戴着墨镜，有泪流在心里，脸上带着笑，这就是女人心中的成熟男人？那我宁可一生都不成熟。想说就说，想笑就笑，别把自己憋死，我喜欢这样的不成熟。"

看一边的老曾，正冲着我坏笑。

我给羽书回信息："不说了，这都快天亮了，睡，安。"

老曾看我躺下，犹豫了一下说："跟你说，我这小姨子人很好，能娶她的人一定会幸福的。只是……"顿了一下，老曾才吞吞吐吐地说："只是，方娟说你和羽书有缘无份，你俩绝不能在一起。"

我不信这些，我从不信命。不过我倒是觉得挺好玩，于是问他："方娟还看出啥了，关于我的？"

老曾摇摇头："啥都没说，只说你和羽书没结果，所以最好别往一起凑。"

睡觉，我随手关上灯。

黑暗里，老曾突然说："我老婆有个特异功能，嗅觉异常灵敏。比如我身上如果有别的女人的味道，哪怕是我抱过女儿，回家她一下就能闻到。"

翻了一下身，老曾继续："听我老婆说，我小姨子鼻子比她还灵。"

我闭着眼睛，说："你是不是想跟我说，羽书的初恋男友身上有别的女人的味道，羽书受到伤害离开了他，从此不再相信男人？"

老曾"哈哈"一下，在黑暗中这笑声显得特洪亮："老猴子，你这是电影小说看多了。没那么多扯淡的情节，我只是想跟你说，如果你跟我小姨子好了，这方面你得多注意，千万别因为这个惹出事端。"

睡觉吧，再不睡真的天亮了。

早上醒来,头有点闷,这是缺觉的后果。老曾早已不知踪影,这个家伙估计是去餐厅了。起床,洗漱,穿上衣服。开门走出来,迎面见秋姐拎着一方便袋,里面好像是蛋糕,见到我就淡淡一笑。

"早!"

几乎异口同声,我也笑了。

秋姐站住,对我说:"你能告诉我老赖的真实病情吗?"

我不假思索地说:"他跟你说的绝对是真实的。这人可能有不少坏毛病,但是他对自己的病情,既不忌讳也不隐瞒。"

秋姐皱了一下眉,长舒一口气,说:"那我知道该怎么做了。"

我说:"他要求跟你走新藏,你一定要拒绝。"

秋姐点点头,说:"他是有这个想法,你猜对了。来吧,一起喝杯咖啡,吃块蛋糕。"

我一笑:"不打扰你们了,我去餐厅。"

旁边的门打开,老赖探出头来,冲我招手:"进来吧,我给你冲完咖啡了，老曾也在。"

进屋坐下。我的面前，酒店那种蠢笨的瓷杯子里有半杯热腾腾的咖啡。只有半杯。

我喜欢喝老赖冲的咖啡，即使是简单的三合一袋装咖啡，经他手冲泡的，味道绝对不一样。不管杯子多大，他冲泡的浓度、口感都很适中，根本不受容器的影响。就像喝他泡的功夫茶，不会很浓涩也不会寡淡。他能很好地掌控水温、茶叶的量以及泡水的时机。这样的男人心中有数，手稳，心更稳。

老赖端起咖啡，老曾阻止他说："羽书说，你的胃最好别喝咖啡，还建议你戒烟，不然会更糟。"

老赖喝了一口咖啡，眼睛盯着杯子，淡淡地说："对我来说，再糟还能怎么样？"

我刚咬了一口蛋糕，老赖的话让我的心一紧。嘴里原本香甜的蛋糕，突然变得又苦又涩。

吃过东西，准备出发。老曾站起来说："我公司事太多，今天我想给员工开个视频会，就不去玩了，你们玩好。老哥，照顾好秋姐。"

谁都明白老曾是故意的，他要给秋姐腾出个车里的位置。

老赖拍了老曾一下，说："谢了，兄弟。"

喀什老城是中国唯一的以伊斯兰文化为特色的迷宫式城市街区。民居多以土木结构为主。大多都是在有限的地面上建起二到三层的小楼，也有利用空间向下掏出地下室的。

走进喀什老城就仿佛走进了时光隧道。这座曾被叫作"疏勒"的古城，不知道历史上它的容颜是否如现在一般狭小、曲折、迂回、悠长。

这是一座看似沉闷，实则生机勃勃的老城。但遗憾的是，这样一座还在住人的老城也没能免俗地设立景点收取门票。但老城内还生活着众多的居民，显然没有被每天熙熙攘攘的游客打扰正常的生活，依旧我行我素，按照既定的生活轨迹，缓慢、悠闲地生活着。

买了票，还没走进大门，一群顽皮的孩子就围住了我们。对我们胸前挂着的相机，这群孩子兴趣浓厚。只要你把镜头对准他们，孩子们立刻摆起各种姿势任你拍照。

孩子们穿得有些破旧，衣服都很脏，但他们脸上的笑却很纯真，很干净。这些孩子也不要任何报酬，只要拍完给他看看相机里面的自己，他们就很满足，笑得前仰后合。

持票，走进老城。说实话，我有些忐忑。是对老城神秘的未知而忐忑，也是为不知在这里生活的人们是否友好而忐忑。

我拉着羽书，尽量把她拉在我身边。我有着强烈保护她的欲望。

羽书可能感觉到了我的忐忑，她也不由得紧张起来，挽着我的手臂，第一次这么紧地挽着我。我能真切地感觉到她的体热和柔软。

进入老城，一位年轻的妈妈抱着襁褓中的孩子迎面走来。年轻的妈妈丝帕包头，只露出美丽的大眼睛。抬头一看到这群陌生人，愣了一下就突然转身，抱着孩子一转眼消失在胡同里。

我苦笑一下，觉得这里的人们应该是不欢迎我们这样的不速之客。

走过第一家民居，门大开着。老城里，门的开和关都是有讲究的，门全开，就证明是家里的男女主人都在家，欢迎客人进来坐客；如果是只开一扇门，说明只有女主人在家，不太方便接待客人；如果门开着却放着帘子，则说明房内已经有客人了。

我探头看到院子里坐着一位体态丰腴的维吾尔族大妈。见到我，她笑了，笑得慈眉善目，和蔼可亲。

我的心一下子放松下来，拉着羽书走进了这家院子。这只是一户很普通的维吾尔族人家。院子里有果树，果实累累。繁茂的葡萄架下，木制的小凉亭，石桌石凳摆在凉亭中央。极具民族特色的二层小楼就掩映于这果树藤架中。这种富含着浓郁民族生活的气息让人陶醉。

其实，是我误解了这里的人们。老城的人们非常的好客，如果大

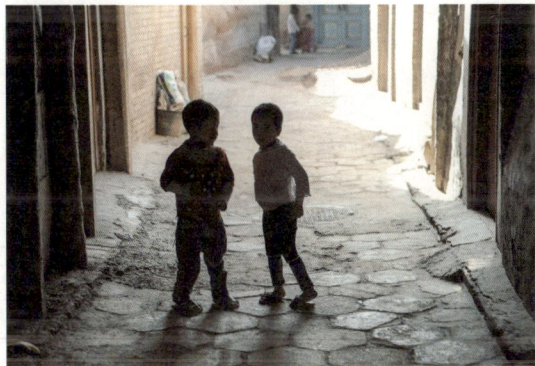

▲ 新疆喀什老城，电影《追风筝的人》采景取景地

门开着，你甚至可以登堂入室，到主人家里参观一圈。

老城里面老房子居多，也有一些比较新的房子。这些新民居虽然安了铝塑窗等现代的东西，但仍不失伊斯兰风貌。

我和羽书挽在一起，慢悠悠地在老城里转悠着。身后，那群孩子不远不近地一直跟着。老城里最可爱的还是这些孩子们，希望他们的这种纯朴不要因为游客的越来越多而改变。

我对羽书说："老城使我想起了小时候在平房时的时光。也许那时候的中国，每个城市都是老城，都有这种狭窄曲折的巷弄，都有这样和蔼朴实的人们。而现在，我们住在高楼大厦里，却只能跑到千里之外去寻找"老城"里儿时的记忆了。"

和羽书一起渐渐脱离了大队。小巷里只有我俩慢悠悠地闲逛。

午后的阳光在小巷里拉出斜斜的光影。小巷的路，忽明忽暗。

一条巷口，一个孩子从家里急急跑出来叫喊她的妈妈。时光就在这一刻，以这种方式定格了。难怪老城弯弯区区的小巷被游客称为"时间停止的地方"。

人贵在有信仰。每一位穆斯林都有他们心目中的圣人，而每一处穆斯林聚居的地方也必然有他们礼拜的清真寺。

这清真寺勿论大，也勿论小，都有一弯新月当空高挂，都有一片圣洁植在穆斯林的心中。

羽书指着一些门上钉着的小标识牌给我看，那上面五花八门。"喀什市低保户""平安家庭""文明户"，这些个头衔的背后就是一个个平凡的家庭。

也许老城里的居民都不是大富大贵的，但是"文明"和"平安"，却是他们所共同拥有的。

　　我和羽书走进一条胡同，这胡同里有几处开辟出来供游人参观的老民居，二层楼的结构，二楼的围廊和屋顶的木雕很美观。在其中一户人家门口，迎面碰上了老赖和秋姐。

　　老赖手插裤袋里，带着大墨镜，潇潇洒洒。秋姐挽着老赖的手臂，模样娴静、安逸。

　　这俩人，这画面。

　　我不由笑起来，老赖看到我，右手搭在帽檐上，一点，一扬，一个洒脱的军礼。

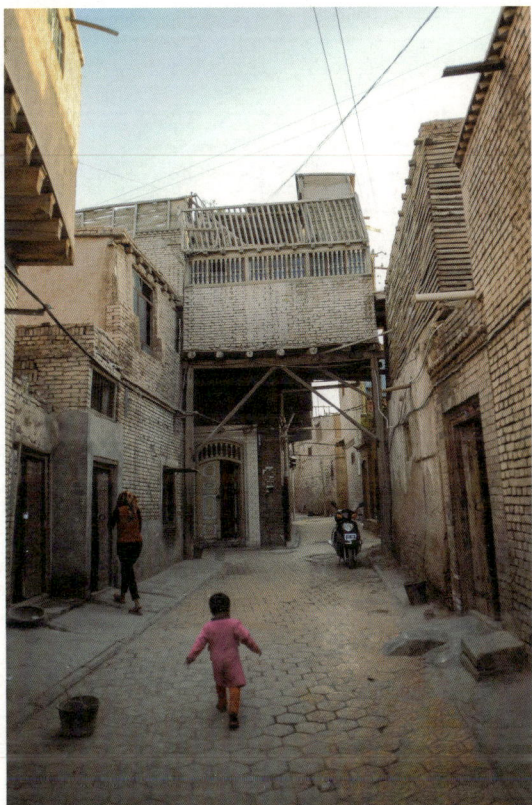

　　我也回他一个标准的中国式军礼，虽然我没当过兵，但我的军礼很标准。

　　拉着羽书走进民居。这里现在住着几位老奶奶，都是孤寡老人，政府为了照顾她们，把她们集中安排在这里生活。

　　维吾尔族人的房间独

具特色，客厅大多布置得艳丽多彩。地毯、挂毯、纱帘，把房间装扮得跟小王宫一样炫目。卧室里床的结构看上去很复杂但也很舒适，有点类似于满清时代的格格床，床上有格栏，有幔帐。房间里还铺着华贵的毛毯，挂着粉色的纱帘。

叹息一声，这些让什么简欧式、仿古式的所谓装修相形见绌。

客厅通常连着后花园。走进后花园，围廊上整齐摆放着各种绿色植物，生机盎然。

走出民居，继续在老城的街道里徜徉。我喜欢这种感觉，看得出羽书也很享受这样的午后。她挽着我，嘴里一直轻声哼唱着新疆的民歌。

老城的街道迂回曲折，不时有很多死胡同，这样就形成了一个巨大的迷宫，很多游人如果由不熟悉当地环境的人带领就会迷路。

据熟悉当地民风的人说，老城里的路面所铺设的地砖是非常有说道的，只要沿着六角的砖走，便可走出老城，而沿着另外一种方形的砖走则会走到死胡同里。

喀什老城的现有居民全都是维吾尔族人，信仰伊斯兰教，由于民族与宗教的原因，这里墙上的宣传口号也很有民族与宗教的特点。

在老城里游荡时，我一直对这种黄色土墙着迷，它有一种老旧的味道在里面，原始淳朴，让人回味。

在当地，有一种维吾尔人叫"色格孜"的带有黏性的黄土，这种黄土很适合用作土陶，用它建成的泥坯房也就会有这种古老的黄色。

喀什老城正在进行大规模的改造。许多老房子已经存在安全隐

198

▲ 喀什老城里的维吾尔族人家，一个喜欢鲜花和色彩的民族

患，改造后的老城将最大限度地保留老城的原汁原味。

据说这老城外将要建成一个大型广场，而广场的背景就是高台上的老城。喀什老城区阿霍街坊改造项目也获得第二届中国建筑传媒奖居住建筑特别奖。

喀什老城东面，隔土曼路有一处建在高四十多米、长八百多米黄土高崖上的维吾尔民族聚居区。维吾尔名叫阔孜其亚贝希巷，意为"高崖上的土陶"，这就是高台民居。高台民居距今已有六百年历史，是喀什展示维吾尔古代民居建筑和民俗风情的又一大景观。

高台民居与喀什老城名称不同，其实都属于老喀什的一部分。而且民居的样式也相差不多。高台民居更像是修饰过的喀什老城，可能

▲ 在喀什这座已经很现代的城市里，这一座老城顽固地存在着

是这里开发得比较早的缘故吧。而老城更原汁原味一些。

高台民居的四周都已经清理干净，植上了草坪，可能在老城外面的工地正在进行的就是这项工作。这使得高处的民居更显得伟岸，褚红的颜色更是平添了神秘的色彩。

喀什这些古老的民居，平均每平方公里人口密度达到八万人，大大超过上海。这里的维吾尔族人，有这样一种风俗：家族增加一代，就要在祖辈的房上加盖一层楼。人丁最为兴旺的家庭，地上地下累加叠盖的土屋达七层。这里的房屋建造无须规划，完全根据家族的居住需求，借地势任意建造。如此这般一代一代，就形成了房连房、楼连楼，层层叠叠的格局。

200

▲ 喀什老城的外貌，能清晰地看到排水系统

    在老城，当地居民都会在家里院内栽种维吾尔族人喜爱的桑树、无花果、石榴、杏树、葡萄、玫瑰、月季、夹竹桃等树和花卉。有些面积大的庭院，多种葡萄，搭成凉棚，既能吃到水果，又是夏季乘凉的好场所。

    吐曼河蜿蜒到人民公园的前方便被一大片水田留住，只放行了小部分水流，喀什市政府在这里建起了一个公园，因位于喀什主城区的东面，便取名东湖公园。

    站在高台民居的一户人家的平台上，可以看到隔着东湖的喀什新城，一派现代城市的风貌。

    一个东湖被人民路大桥分成南北两部分。一大一小，一虚一实。

▶ 喀什老城里狭窄的街道

这里已经成为喀什情人幽会的好地方。在北面的湖里岛的小树林里，总可见一对一对的情侣相偎相依。

继续徜徉在老城的历史中，身边的羽书也轻哼小调，一步一随。

羽书突然停止了哼歌，搬过我的脸，严肃地看着我说："你说，老赖和秋姐昨晚会不会办那个事了？"

嘘，我用手势制止了羽书好奇的一问。如此古朴、如此宁静的地方，凡夫俗子那点风花雪夜的事不适合。

羽书的脸红了，红得娇媚，笑得羞涩。悄悄地，她掐了我一把，算是为自己的心猿意马自嘲。

幽深的巷子，铺满红砖的小道纵横交错，状如迷宫。如它的历史一般曲折悠长。

现在居住于此的人们，老人闭目小憩，晒着太阳，每一道微笑的皱纹里都透着岁月的沧桑。孩子们天性不改，天真烂漫，看到生人的笑容纯真又略带羞涩。只有那些美丽的维吾尔族姑娘见到生人转身就闪，美丽的大眼睛，长长的眼睫毛，一扑一闪，透着好奇和警觉。偶尔会有大胆的少女答应与游客合影，也是不苟言笑。我想她们一定有笑颜如花的那一刻，只是我们无缘一见。那一笑注定是只留给心上的那个人吧。

老城虽老旧却不阴暗。如同一部老电影，画面灰黄但内容极丰富，让人久久难忘。

这里的人们，从容淡定，活得洒脱自在。但在我们这些过客的眼里却又有着不易察觉的压抑感。

这就是老城，历史的味道弥漫在空气中，任时光荏苒，那味道却经久不散。

在老城里，转来转去，就是不愿意回去。身边，已经找不到我的队友，甚至不见了老赖和秋姐。羽书实在忍不住就拽着我走出了老城。走下老城的土坡，我忍不住回望老城。心中默念逝去的太多且无法再追回，幸存的才弥足珍贵。保重，老城。

/走进喀什大巴扎!/

走到路上才发现只剩一辆车孤零零停在路边等着我俩。老赖和秋姐靠在车门上正吃水果。见我们过来，秋姐递过来一篮水果："认识吗？"

羽书接过那水果。扁的，看着外形有点像蟠桃，但绝不是，用手拿起，黏黏的，软软的，有很多的汁水。我用脑子过滤了一遍有限的新疆水果信息，脱口而出："无花果吧？"

这个季节，该是无花果上市的季节。无花果，据说每年只有半个多月的成熟期，一旦成熟就要立刻上市。好像针对这种水果还没有较好的保鲜技术。所以呢，新鲜的无花果只能在产地吃到。秋姐买了两篮无花果，每篮十五元，有十个。至于味道嘛，我觉得除了滑溜溜的带点微甜以外，没啥特殊的，好像还没有西瓜好吃。因为所有的水果里，我只爱吃西瓜。

上车。车队其他人都回宾馆睡大觉了，方娟又跑去香妃墓写生，只剩下我们这四个人。

我建议去大巴扎，秋姐积极响应，老赖唯秋姐马首是瞻，羽书无所谓，只要去逛街就行。

不去天池，等于没到新疆。不到喀什，不识新疆真面目。到喀什不去大巴扎，等于没来过喀什。

喀什的巴扎迄今已有两千多年的历史，从古代起就有"亚洲最大集市"之誉。所以，现在的喀什大巴扎也叫国际大巴扎。

国际大巴扎设有五千多个摊位。在这里，喀什及新疆其他地方的各种土特产、手工艺品、日用百货、瓜果蔬菜、生产资料以及大小牲畜等都应有尽有。

每逢礼拜天，这里更是车水马龙、人山人海，每天进入市场的人数至少有十万人以上。

和乌鲁木齐接近内地市场的所谓大巴扎相比，喀什的大巴扎地方特色更加纯正，因为这里更加本地化和生活化。

在喀什的大巴扎，闲逛的游客只占极少的一部分。来这里的绝大部分是当地的居民——来这儿买日常用品。而大巴扎所销售的商品大部分是维吾尔族人平时的生活所需，因此你可以更真实地感受到浓郁的维吾尔族风情。

喀什素有"一个巴扎，三个马扎"的说法。巴扎，维吾尔语里"市场"的意思；而马扎，则是维吾尔语"墓地"的意思。

大巴扎离老城不远，过了吐曼河就是。走进喀什大巴扎，这里既有来自巴基斯坦的铜雕、土耳其的地毯、印度的香料等，也有本地产的和田玉、英吉沙刀、于阗乐器。还有阿图什的石榴，伽师的瓜，吐

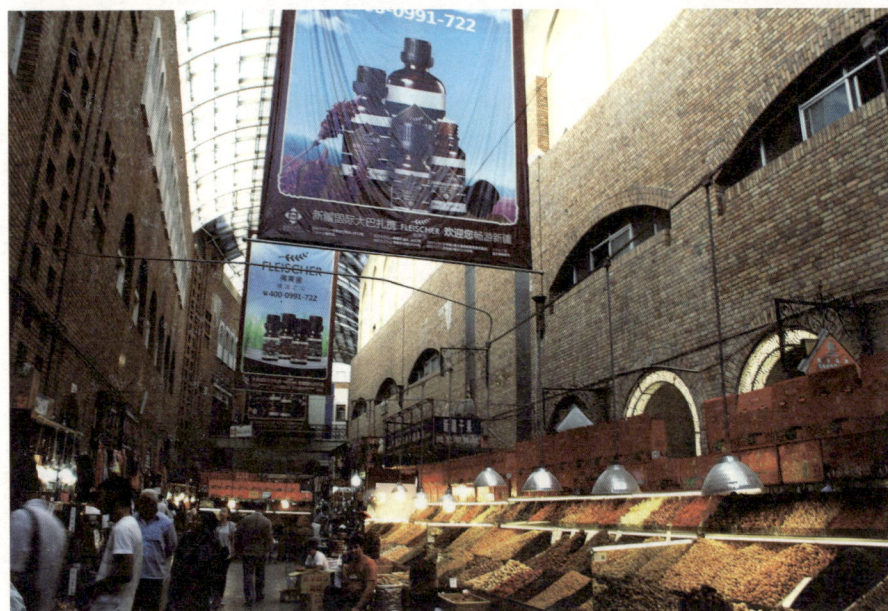

▲ 喀什大巴扎除了民族用品，还有很多中亚各国的商品在这里交易，很繁华

鲁番的葡萄干、纸皮核桃、和田大枣等。还有纯手工制作的本地产著名的铜器、爱特莱丝绸、花帽、木器、皮具等等，林林总总，应有尽有。但占据更多摊位的是维吾尔族同胞过日子的商品，比如锅碗瓢盆、箱包皮具、被服布料等居家用品，彩电、冰箱、音响、洗衣机等家用电器，这些本该在专业大商场里销售的大宗商品，在这闹哄哄的大巴扎里一样有卖的。大巴扎虽然闹哄哄的，但管理上还算有层次，每类商品都归类到相应的街道。

日用品基本都来自内地，主要产地是浙江、江苏一带，质量都很一般。

维吾尔族人习惯在巴扎购物。就算是买大宗的家电，也多来大巴扎而不是去超市。大巴扎很热闹，既有匆匆而来只为购物的维吾尔族妇女，也有闲来无事在巴扎里找人闲聊的汉子。

在喀什，大巴扎既是消费场所也是社交场所。这里是当地维吾尔族人生活的一部分。不逛巴扎就不能了解维吾尔族人。

在喀什，经商的基本都是男人而来购物的则大多是妇女。这是维吾尔族社会分工明确的表现——男主外，女主内。

一进大巴扎，两个女人立刻眼睛放光。甩开我和老赖，这两女人手挽手，突然就变成了亲密无间的闺蜜。拿起一件东西，两人头挨着头，对着手里的东西叽叽喳喳地品评着，而我和老赖则沦为了可怜的跟班。

放眼市场，几乎难觅游客的踪迹。也难怪，别说维吾尔族人集中的大巴扎，就是整个喀什，游客也很稀少。

为了两个女人的安全，我和老赖不敢放松，紧紧地跟在她俩的身边。

前面，羽书喊了句："渴了。"

老赖和我对视，笑："这是讨价还价给累的。"

我让老赖等着，出门去买水。买好水，发现有个小摊卖一种奇异的水果。这是一种有黄色的皮，形状酷似苦瓜的水果。问摊主，摊主只会说维吾尔语。问了好几个人，才有人告诉我这叫人心果，因为是黄皮红心，故名人心果。摊主扒开一个人心果的皮递给我——这种水果得去掉皮，只吃红心那部分——一尝，甜润软滑，味道很好，我感觉比无花果好吃。

拿着人心果回去，找到老赖他们三个。

羽书看着人心果，问我："这是苦瓜？"

秋姐显然吃过，拿过一个人心果，熟练地扒了皮递给羽书吃。

老赖那边吃得不亦乐乎且赞不绝口。他酷爱甜食，北方男人中我很少见过有他这么嗜甜的。

羽书也吃得不过瘾，几个人一致决定，不逛大巴扎了，专门吃人心果去。

羽书和秋姐挽着手走在前面，我和老赖晃晃悠悠地跟在后面。

从大巴扎出来，就在市场门口买了一兜子人心果，准备带回去分给队友品尝。一旁的老赖又买了几个无花果，递给我一个。

我摇头，对无花果我真没多大兴趣。老赖执意要我尝尝，说跟刚才买的不一样。

我尝了一个，果然，这个无花果有特殊的果味，也比刚才在老城区买的无花果更甜一些。

后来听酒店服务员介绍说，无花果产地不同，口感也不一样。喀什本地产的口感更好，而我们在老城买的可能是和田产的，所以品质要差一些。

回到酒店后，去了老赖的房间。哦，这里也曾是我的房间，只是现在我不属于这个房间。

泡茶，人心果。这就是我们的晚餐。

和老赖聊天。

老赖说，他这辈子吃亏在没好好上学读书，但也因为没好好读书而让他一生清醒。

我不明白，这是什么理论。

老赖说："人脑和电脑内存应该差不多吧，肯定有容量限制的，装进去的东西越多越容易糊涂，容易在关键时刻死机。我因为脑袋里面装的东西少，所以我不糊涂，也不会在关键时刻死机。"

我笑："老哥，你不是说你不懂电脑吗？"

老赖也讪笑："这不是逼的吗，正在电脑培训班上课呢。法院现在人手一台电脑，不会电脑就没法办公。"

其实，你跟老赖面对面的聊天能感觉到他说话很有内涵，绝不像没读过多少书的人。

老赖说："我读的是生活大学社会系，是这个社会教会了我很多东西。"

我觉得这话很精辟。社会这所大学包罗万象，而且永远不会毕业。活到死，都在学。

老赖扭头，看秋姐整理她的背囊，背囊里有很多户外装备。

老赖问我："玩户外有意思吗？"

我说："户外就像咖啡吧，也不对，户外应该像白酒。看着平淡，喝到嘴里辣，咽下去的过程辛。咂摸起来，却又绵软回甘。最重要的是酒到肚子里后能让人沸腾。"

户外也一样，看似平常，不就是出外玩吗，但是，行走的过程中艰辛大于快乐。只有到了目的地，卸下行囊，躺在草地上回味这一路的过程，才是最快乐的时候。

老赖看看我，又看看秋姐。问我："可我觉得，你活得比我们要滋润呢，我很羡慕你走过那么多的路。"

我说："年轻时，我走的路更多，埋头拼命地走。从没觉得路有多漫长，因为坚信我能走到路的尽头、看到那无限的风光。

"人过中年，不知道从何时起，我开始纠结脚下的路。因为经历过人生许多的坎坷和磨难后，我终于明白一件事。如果地球是圆的，那么，我就永远都走不到尽头，而我的生命好比一条直线，直线是有尽头的。

"所以，我现在不再急于赶路，我心中的目标不再是路的尽头。走在路上，我不设定目标，随遇而安，珍惜经过的每一处风景和每一个人。然后我发现，其实路边那不经意而过的山水草木，才是最美的。"

老赖低头，沉思了大约五分钟，突然抬头对我说："我想跟秋姐去走新藏线。"

房间里，一下子安静下来。

我没惊讶，老赖的这个决定早在我的意料之中。如果他没做这个决定，那他就不是老赖。

秋姐直起身，回头看着老赖，眼神复杂。

我从侧面看着秋姐。她的眼神里有欣喜有担忧，更多的是一种闪烁的、说不清道不明的那种眼神。回头看老赖，他眼睛看着窗外，沧桑，迷茫。

我说："老哥，你想走新藏线是因为心中有个女人。可是我猜，你又舍不得我们前面的那条路。因为……"顿了一下，我故意的，想看看老赖的反应。

他不安地挪动了一下屁股，我知道我点中了他的软肋。

我慢慢悠悠地说："下面我们要穿越举世闻名的塔克拉玛干大沙漠。难道你不是一直都在向往这条路？"

老赖的眼睛亮了起来。

那辽阔、荒芜、壮美的沙漠。不光是老赖，我们所有人都把塔克拉玛干沙漠当作这次行程里最重要的一站。

秋姐及时插了一句话："你还是跟着车队走。回头到了乌鲁木齐，找家大医院好好检查一下你的胃。如果可以，你再飞回喀什，我就在这儿等你。反正我也想在喀什多玩几天。"

老赖看我，我摇头。我知道他的心思，他想让秋姐跟车队走。可是，这既不符合规矩，车里也没有位置。更重要的是，我很清楚，一旦秋姐加入车队就会打破车队固有的平衡气氛。

/一路前行/

次日，清晨。新疆的清晨是内地的早上九点左右。天气晴朗，天空碧蓝，丝丝白云缥缥缈缈，悠然而过。

早餐时，所有人心情大好，食欲大振。只有老赖落落寡欢，心不在焉。我从餐桌抓起两个煮鸡蛋藏在包里。老赖没怎么吃早餐，他的胃一会儿就会饿得受不了。

这一天是个较长的旅程。车队要沿着315国道，由喀什向南疆深处的和田进发。

现在开展的常规旅游线路很少走这条线，因为旅程相对较长，在游客心目中的认可度也不是很高。只有自驾车队才喜欢。因为越往南疆深处，汉族人所占的比例越少，那股纯粹的新疆味道越浓厚。

315国道起于青海西宁，终点是新疆喀什，全程3063千米。它沿着塔克拉玛干和昆仑山脉前行，沿途多戈壁、荒漠，很多段很荒凉，没有人迹。但它不仅仅是连接南疆几个城镇的生命线，同时也是一条风景线，沿途苍茫的大漠、巍峨的雪山和偶尔经过的绿洲把它点缀得别具特色。其实，315国道基本上就是古丝绸之路中段的南道，连接着内地与若羌（鄯善）、且末、和田（于阗）、莎车等地。

今天主要的行程就是去参加泽普县在金湖杨国家森林公园举办的金胡杨旅游节。

出喀什沿315国道前行没多久，车队到达一处叫英吉沙的小镇。这里就是英吉沙小刀的出产地。这里出产的小刀以其精美的造型、秀丽的纹饰和锋利的刃口而闻名于世。

行走在新疆各城市，到处可以看到挂着英吉沙小刀招牌的小店出售刀具。但是，真正的出产地却是在这里，一个很不起眼的小镇。

▲ 昆仑山下，红色的岩石，喀斯特地貌

英吉沙系维吾尔语，意为"新城"。英吉沙小刀是新疆维吾尔族的手工艺品，具有浓厚的维吾尔族风情。佩刀是新疆少数民族的风俗习惯，几乎是人人携带，形影不离。

英吉沙小刀的造型也非常美观，有弯式、直式、箭式、鸽式等，其中又以民族欣赏习惯的不同有维吾尔、哈萨克、蒙古、汉、藏等不同形式。

这里不光是小刀出名，还是"中国色买提杏之乡""中国达瓦孜之乡"。创多项吉尼斯世界纪录的高空王子阿地力的故乡也是在此地。

车队在英吉沙小镇做了短暂的停留，不为买刀。这种纯工艺品的小刀，我个人没兴趣。倒是老徐一口气买了两百把精美的小刀。老徐的小舅子开着一家烤肉店。老徐打算把这小刀送给小舅子的烤肉店，提供给客人削肉使用。老曾笑这么精美的小刀，不出三天就会被客人拿光。后来老曾的话还真的应验了，这些小刀在老徐小舅子的烤肉店一亮相，没过两天就被拿走了一多半。

在英吉沙吃了一顿有名的烤包子。和乌鲁木齐、吐鲁番的烤包子不同，英吉沙的烤包子个儿很大。一个烤包子足有四两，烤得焦硬，牙口不好的，根本咬不动那焦硬的外皮，但是里面的馅更好吃——油大，汤汁足，肉更鲜美。吃过烤包子，继续前行。

出了英吉沙，315国道就开始沿着一条狭长的绿色通道延伸到天际。一路很荒凉，土地贫瘠，盐碱化很严重。只有靠近昆仑山的地方，依靠冰雪的融水才有生命力旺盛的胡杨顽强地生长着。

▲ 雪山融化的水流经山脚下

穿过戈壁地带，进入叶尔羌河灌溉的绿洲，叶尔羌绿洲是新疆最大的绿洲之一。

叶尔羌是维吾尔语，意为"土地宽广的地方"。叶尔羌河，著名的塔里木河的源头之一，源于克什米尔北部喀喇昆仑山脉的喀喇昆仑山口。叶尔羌河进入平原绿洲之后，冲积扇面积扩大，流速变缓，形成许多分支。

车队今天要去拜访的金湖杨国家森林公园就位于泽普县叶尔羌河刚刚进入平原的地带。

这次南疆的行程，我们的车队大部分时候是早发晚至。新疆与内地有两个小时的时差，所以我们的车队在北京时间三到四点左右吃午餐是很正常的事情。

今天又是顶着星辰就出发，以至于上午十点多的时候，大家都已经饥肠辘辘。途经一个小村庄，路边小吃摊的食物被我们这群饿狼一般的闯入者一抢而空。乐坏了那些经营小食摊的业主，他们看着我们这群吃相不雅的内地人，相互掩口嬉笑着。

再往前走有一个很小的村镇，路边有几家烤包子店。

烤包子维吾尔语叫"沙木萨"。有必要详细介绍一下维吾尔族的烤包子。维吾尔族的烤包子，制作方法好像和汉族的包子相似，只是不用蒸熟，而需用馕坑烤制。烤包子的馅是用羊肉丁、羊尾巴油丁、洋葱、孜然粉、胡椒粉和盐混合制成。与汉族包子比，油比较大。所以维吾尔族人在吃烤包子的时候，都要喝茶来配，解腻。

烤包子所用的坑叫"沙木萨吐努尔"，比一般馕坑要小。烤包子馕坑是用小号的水缸，去掉缸底，倒扣过来，四周用土坯垒齐而成。

烤包子时，要往烧热的坑里洒些盐水以防包子脱落，包子烤熟后要用一个专门的钩子把包子取出。

吃烤包子有点像吃江南的那种小笼灌汤包，吃的时候要先咬开一个小口，让里面的热气先散出来，以防烫舌头。

这家小村镇，很小，大概只有几十户人家，但由于地处交通线上，这里的小市场还算是挺繁华。

当四辆黑色越野车停在一家很小的烤包子摊前，十六个眼放蓝光的人，舔着干涩的嘴唇，流着哈喇子围住那个烤包子摊时，摊主傻眼了，连连摆手，嘴里嘟囔着一连串维吾尔语。

我和老赖躲开人群。他的胃吃不了这烤包子。我俩转悠着，找寻着他能吃的且我没吃过的维吾尔族小吃。

七八个维吾尔族人围着一个小摊，这引起我俩的注意。维吾尔族人吃的一定地道吧。凑过去问了好几个人，才有个懂维吾尔语的年轻人告诉我们，这叫面肺子。

哦，面肺子，原来你在这里。

面肺子，新疆独有的维吾尔族美食。一般都在宰羊之后，先将羊内脏完整地取出，用清水灌洗羊肺至白净无色，羊肠翻洗干净备用。

将羊肝、心和少量肠油切成小粒，加适量胡椒粉、孜然粉、精盐与洗净的大米拌和均匀作馅，填入羊肠内，再将白面洗出面筋，待面水澄清后，滗去大量清水，留少量清水搅动成面浆。取小肚套在肺气管上，用线缝接，然后把面浆逐勺舀出倒入小肚，挤压入肺叶。把少许精盐、清油、孜然粉、辣椒粉调好的水汁用上述办法挤压入肺叶，然后去小肚，用绳扎紧气管封口。再把米肠子、面肺子、洗净的羊肚和少许辣椒粉拌匀，用绳扎面筋入锅煮。煮时还需在肠子中的大米半熟时，用钎子遍扎肠壁，使之放气放水，以防肠壁胀破。熟后取出，稍凉切片，混合食用。三块钱，买了一份传说中的面肺子，还有一小碗的蘸料。用牙签扎起一小块的面肺子，蘸料，入口。

我和老赖面面相觑，边咀嚼边注视着对方的表情。我们相互监视，看谁先露出痛苦的表情。

咀嚼，咽下。

老赖示威一般，又吃了一块。

我不示弱，也吃了一块。

老赖终于绷不住，先把嘴里的面肺子吐掉。我忍着笑也赶紧吐掉。羊下水的腥膻味加上那软绵绵的面筋中浸满的下水独有的臭味，实在不敢恭维。

老赖喝了一大口茶水，使劲漱口。然后抹了一下眼角，说："我最喜欢喝羊杂汤，但是这个，真的吃不下，都给你了。"

我推给他："这个，我也吃不下。"

我们吃不下，却有人喜欢。不知从哪里钻出来几个衣衫不整的维吾尔族小孩，围在我们的桌边，眼睛闪着光，盯着那盒面肺子。

老赖起身，又买了两盒面肺子，放在桌子上。

我俩转身走，回头见阳光下那几个孩子吃得很香，他们黝黑的脸上是幸福的笑。

回到车上，我把早餐时拿的几个煮鸡蛋递给老赖。这个是他的胃所需要的。我又下车找到一个烤馕摊，买了两个烤馕。

陆续地，车友都吃饱喝足回到车上。

顶着南疆炽烈的午后阳光，沿着314国道继续前行，然后到达了阿克陶县的奥依塔克镇。

奥依塔克，柯尔克孜语意为"山涧洼地"。这里的海拔已经有两千多米了，一些身体不好的车友已经有了高原反应，开始吸自喀什带来的氧气。对于我这种在西藏五千多米都不高反的人，两千米太小意思了。

奥依塔克以雪山和冰川而闻名，是新疆冰川公园之一。此行的目的地是卡拉库里，这里的雪山，只能停车远眺一下。

阿依拉尼什雪山是奥依塔克景区最主要的景观，它海拔6678米，山势险峻，峭壁千仞，迄今仍是无人登顶的处女峰。据说阿依拉尼什雪山的雪崩景观非常壮观，不知道还有没有机缘再来南疆，到那里去看一看。

继续向前，向昆仑山脉的深处进发。据说当年唐玄藏西天取经，走的就是这条路线，沿途还流传着许多关于唐僧师徒的传说。

沿着通向红其拉甫口岸、西去巴基斯坦的中巴公路，逐渐深入到昆仑山脉的腹地。

道路两边不时开始出现积着白雪的高峰，这时的海拔应在三千米以上了吧。

到了盖孜边防检查站，去往红其拉甫方向的车辆和游人都要下车出示证件，接受检查。

盖孜驿所处的公格尔山，海拔7649米，是西昆仑山脉上的第一高峰。遗憾的是，因为赶路，我们没有停车。公格尔在柯尔克孜语中意为"褐色的山"，据说征服公格尔之难不亚于珠穆朗玛，直到1981年，英国登山队才首次从南坡登上峰顶。其北峰尤为险要，迄今尚无一人从北坡到达过峰顶。

昆仑，一个在武侠世界里被神圣化的地方。在中巴公路，你可以真切感受到昆仑的伟岸气质。由于路途遥远，沿途美景只能从车窗向外张望了。

昆仑山西段山地的北坡为山地荒漠和高寒荒漠景观。车窗外的山

▼ 高耸入云的昆仑山

体裸露，没有植被，一片荒凉。道路边不时出现干枯的河床。河床很宽，证明水量大的时候，河里的水应该是挺多的。也许十月的季节不对，等到夏季冰川融水多的时候，这里或许会是另一番景色。

面对这里的雪山、荒原，人会产生一种豁然的心境。行进途中一直靠在我身边默默不语的羽书突然抓住我的手。我看她嘴唇有些发紫，这是高反前兆。常年带车队行走在川藏线上，对于易高反人群和高反的前期症状，我都了然于心。羽书的脸庞涨红，嘴唇微微发紫，眼神蒙眬，这是典型的高反前兆。此处海拔才三千多点，她就有了高反征兆，看来和精神紧张、疲惫有很大的关系。

从包里摸出维C泡腾片，冲一杯，又找出高浓度巧克力。尽管羽书摇着头说她不想吃糖，我还是强迫着她吃下巧克力，喝了维C泡腾片。补充了糖分后，大概只十分钟，羽书的脸色就恢复了正常。

我们这辆车，由于老曾的回归，车上坐了五个人。后座虽然很宽敞，但坐五个人，还是有拥挤的感觉，这也是羽书高反的原因之一。高原本就缺氧，如果再有压抑感，那就随时可能导致高反。

摇下车窗让纯净的空气透进车里，人一下子感觉清爽了很多。

脚下的路向上无限延伸，弯弯曲曲看不到尽头。路边有一条清冽的小河，一直在道路的右侧相伴。而河的对岸是一片广袤的荒漠汇聚而形成的山丘。河水清澈，山丘灰白，倒影在河里的山影，清晰明快，别有韵味。那灰白色的山体颜色很特别，有着圣洁的光晕，好像水彩笔也难以描述出那种天然的灰白。

枯水期的河流在前面的浅滩河道里画出一个漂亮的月牙。车队继

▲ 山水一色，昆仑不倒

续前行，绕过月牙湾。这里的河水更宽阔，形成了一个小湖，水可能也更深一些，因为河水更蓝了。

招呼着车队停下来。很多人从车里冲出径直跑到河边，举起单反相机。

虽然常年在高原，但我还是很喜欢高原的水。因为离天很近，高原的水都太清太蓝了。在这水天一色的镜像中，如果能把画面倒过来，你能分清哪里是倒影吗？

背景中的灰白色的山体，虽不如西藏的雪山那么神秘挺拔，但却也不逊色。在这里，只要你举起相机就能拍出大片。

停留了一会儿，招呼队员登车继续向喀拉库勒奔进。只是车开出后，多数人还是不舍地回望了一眼公格尔。

老赖今天有点异常，面对如此的美景，他丝毫没激动的表现，这不是他以往的风格。他开着车，正对着耳机，低低地说着什么。我侧耳细听，不禁笑了。原来，他在用手机给秋姐直播眼前的美景。

恋爱中的人有两种，一种是呆子能突然开了窍变成爱因斯坦，另一种是爱因斯坦变成了呆子，木讷得不知所措。

老赖不属于这两种人，他属于这两种人的综合体。细听他介绍眼前景色时，口若悬河，妙语连珠，但是过一会儿，又看他在那儿傻笑，笑得痴傻。不过，他脸上的光泽和他笑起来时皱纹里传递出来的那份幸福感，让我为他感到欣慰。

或许这是老天对他的补偿吧，谁知道呢？

进入大山深处，转过弯就出现了一个大工地，有工程在进行中。不知道这些一排排严密整齐的帐篷里，轰隆隆的大型挖掘机是在干什么。

继续前行。

围着公格尔山转过一个大弯，终于在北京时间15：20到达今天行程的目的地——喀拉库勒湖。

车队停在湖边，队员们围着湖边拍照、游玩。我赶紧到湖边的餐厅订了两桌午餐。半小时后，我们一行也终于在这里吃上了今天来之不易的午餐。菜很简单，但因为饥饿，所以分外香甜。

我喜欢讲传说，因为传说生动，故事都美丽凄婉。

柯尔克孜传说中，幕士塔格是一位为了治两个女儿的病而寻找日月宝镜的老牧人。他寻找了很久很久都未能找到宝镜。很长一段时间过后，女儿们变成了姊妹峰。

当老人终于寻得宝镜，回来却看到女儿已经石化成山峰时，他很伤心，镜子掉在地上变成了喀拉库勒湖，而老人也化成了幕士塔格雪山静静地站在女儿面前。两姊妹永生了，将玉容永远映在父亲取回的宝镜之中。

在喀拉库勒湖的另一岸，与幕士塔格隔湖相望的就是公格尔九别峰。公格尔九别峰属于西昆山脉，海拔7595米，是西昆仑的第二高峰。由于山上终年积雪，犹如牧民头上所戴的帽子，所以当地牧民就称它为"公格尔九别"，语意为"白色的帽子"。

喀拉库勒静静地躺在西昆仑三座大山的怀抱里。这高原的湖泊水似乎都特别的蓝，那种蓝真是迷人。

吃过午饭，走出饭店的毡房，湖边正聚集着几十位游客。这么远的距离也没有阻断游人的脚步，就是因为这里的美景。

有钱赚的地方一定有中国人。有美景的地方也一定有中国人的身影。

由于路途太远，我们在喀拉库勒湖不能多停留。擦干嘴上的油渍，打着饱嗝上了车，招呼大家赶紧起程。

上了车，有摄影迷的车友通过对讲机向我抱怨停留时间太短。如果有时间有机会能找一个更高一点的拍摄角度的话，可能会拍到更漂亮的喀拉库勒。

没办法，新疆路途太漫长，这次行程就只能在登车返程后再回望一眼喀拉库勒湖和公格尔。

远眺，喀拉库勒湖的一端有很多废弃的毡房式建筑，不知道是当地人居住的还是给游人居住的，或是如之前路途上所见的是工程队遗留下来的。

我们的车队还是最终驶过了喀拉库勒的尾闾，再见了，美丽的喀拉库勒。

走下喀拉库勒湖，车队还在围着公格尔转。

深处内陆的新疆降水很少，但只要天上有云，景色就很漂亮。因为这里天够蓝，云也高远。即使蓝天上只有一丝丝云或者干脆只能看到云彩在大地上留下的影子，都很美。

不来新疆，你真不知道大地的颜色有多丰富。随手拍的天空的蓝、雪山的白、山岩的黄和砂砾的灰，四种颜色平行排列，层次感丰富，唯美。

降水很少的新疆，每一座雪山都是一座巨大的固体水库。就因为有雪山的滋育才孕育出了一片又一片绿洲。

来时路上一直关注路边的水，回程时座位在雪山一侧，正好有机会这么近距离地再望一眼公格尔。

日落西山，月牙初生，也到了跟公格尔、西昆仑、这条玄奘西行的路说再见的时候了。

北出西昆仑，沿着崎岖的山路，疲惫前行。

羽书，靠在我的肩上，昏昏欲睡。

老曾坐在副驾，一直忙着用手机跟公司的下属沟通、布置，根本无暇窗外的景色。

方娟，举着相机，一直在咔嚓着。我揶揄她拍照的架势很像刑警队在案发现场的拍照——不管景色，不去对焦，只是一个劲地猛拍。方娟对我的调侃置之不理。

老赖边开车边对着耳机说着悄悄话，仿佛所有的景色都不及他那远在喀什的秋姐重要。

开车时，老赖会全神贯注。一旦换到他休息，基本就是靠在座位上发短信。老赖不会拼音，发短信基本都是靠简易笔画输入法和手写。

看他笨拙又认真地忙碌着，又好笑又敬佩，还有羡慕的成分。

只是没有了老赖的妙语连珠、插科打诨，车里的气氛有点沉闷。只有当我们的车队进入了胡杨遍地的泽普县，老赖的精力才从手机从秋姐的身上解脱出来。

泽普县是喀什南缘的大县，北与莎车相连。泽普是泽普勒善的简称，因泽普勒善河得名。泽普勒善，塔吉克语意为"黄金之河"，因泽普勒善河道里盛产黄金而得名。

泽普是富足的地方，而这里的富足是因为有昆仑山的雪山融水汇流而成的叶尔羌河，才把这里打造成了塞外江南和边疆的鱼米之乡。泽普是新疆重要的商品粮、商品棉和大红枣生产基地。

泽普的红枣，果大皮薄，色红如血，性平味甘，入口即食，不留残渣，可列为红枣之冠。

在泽普县有一座金湖杨国家森林公园。从历史文化的角度看，这块土地曾是古代战场。只是现在，这里金黄一片，再也看不到金戈铁马、肃杀血腥的场面。

风景区内天然胡杨林面积近两万亩，大漠、戈壁、雪山、碧水、胡杨在这里构成了西北边塞所独有的秀美画面。

据史载，喀拉汗王朝王子率领伊斯兰宗教征服者的先遣部队到达叶尔羌河附近时遭到信仰佛教的土著人的伏击，葬身于此，所以这片墓地被称为塔木阿力古墓群。

近处还有汉代佛教遗迹。佛教和伊斯兰教两种文化碰撞融合，形成了金湖杨森林公园浓郁的历史文化背景。

车队拐过泽普县，寻找着地图上的金湖杨国家森林公园。

我在车里的音响插上U盘。那里面有一首我特意为胡杨收录的歌。是草原组合黑骏马演唱的《看胡杨》，好像是一部电视剧里的插曲吧。

我偏好蒙古族和藏族男歌手唱的歌，而在蒙古族歌手中，我又最偏好黑骏马组合。他们的歌声浑厚苍凉，尤其和声如草原和风的结合一般，浑然天成。

终于找到了金湖杨国家森林公园。这里的胡杨一到秋天，不像其他乔木的枯黄颜色，它泛着的是光灿灿的金色，从远处望去，一片金黄。

▲ 胡杨林的瞻仰路，走过多少被它折服的人们

胡杨千年不死、千年不倒、千年不腐，蒙古人视胡杨的生命力和特质为本民族的素质象征。

　　胡杨耐寒、耐旱、耐盐碱、抗风沙，有很强的生命力，大多生长在沙漠之中。在这里，因为有叶尔羌河的滋养，胡杨的生长尤其旺盛。

　　胡杨又称胡桐，杨柳科落叶乔木。胡杨的形象很奇特，其幼树枝条及叶子跟柳叶相似，长到几米高后依然如此，当生长成大树时在树干下部的枝条仍像柳叶，但上半部枝条所生则如杨树的圆叶。

　　金湖杨国家公园的经理姓李，是一个四十岁左右的壮实汉子。因为乌鲁木齐旅行社的朋友跟他打过招呼，李总特意出来见了我。

　　和李总握手，他开口一说话，我乐了："东北人吧？"

　　李总哈哈笑："黑龙江省齐齐哈尔市克东县人。"

　　我也笑，说："巧了，我们的车里还真有一瓶你家乡的豆腐乳。"

　　老赖转身，去车里取那瓶豆腐乳。

　　黑龙江省克东县，九十年代前这里的豆腐乳曾经在国内独占鳌头，只是后来才被王致和等名牌豆腐乳打压得没了名气。

　　李总接过老赖递过去的那瓶克东豆腐乳，拧开瓶子嗅了嗅，舌尖舔了一下，吧嗒吧嗒嘴，脸上显出复杂的表情。拧上盖子，对我们一挥手："今天是胡杨林节，上午刚刚开幕，你们来得太巧了，中午有招待餐。来吧，我请客。"

　　这就是东北汉子的性格，易怒，更易感动。

一顶大毡房，里面是一大块地毯。地毯上有一张大大的圆桌，足够坐二十几个人。

团团围坐。我喜欢这样的氛围，十六七个人围坐一起，颇有点中世纪欧洲武士的圆桌会议的味道。只是我们的圆桌会议，只有筷子刀叉，没有刀光剑影。

标准的新疆菜是以烧烤为主。挂烤肉，馕坑烤肉，烤肉串，烤鱼，烤馕，烤包子，新疆大盘鸡，皮牙子炒羊肉，羊肉拉条子，过油拌面。最后是一道压轴菜——新疆馕坑烤全羊。

新疆的馕坑烤全羊自有独到之处。宰当地嫩羊，用料和油刷一遍放在烤馕的馕坑里。馕坑中间一小撮炭火，盖上盖子，用湿泥巴密封盖口，焖制大概两个多小时。打开密封的盖口，取出烤得酥烂焦香的嫩羊，切块，均分，咬一口羊肉，酥、香、嫩，回味，香、嫩、焦。

车友们吃得兴致大起，老赖却悄悄拉起我走出了毡房。

沿着一条小路，伴着潺潺的小河，我俩往胡杨林里溜达。渐渐地发现在水源丰沛的区域胡杨密集、树干高大，土地贫瘠的地方胡杨低矮一些但却别有孤傲的气质。转过一条弯，眼前豁然开朗。一片的金黄，举目望去，无边无际，有点非洲大草原的景象呢。

走到水边，发现胡杨在有水的地方才更娇艳。

转悠着，听老赖用手机给秋姐直播着眼前的景色。我看着他脸上的淡淡色泽，为他开心。

转到了金湖杨景区的正北，一大片草地被圈起来，这里建了一座跑马场，我俩去的时候已经晚了。上午这里刚举行了盛大的骑马

▲ 骆驼，古丝绸之路的主要交通工具

表演。

我俩到这里的时候，辽阔的跑马场里只有场中间一棵孤零零的树下的一群骆驼还在悠闲地吃草。

老赖举起来手机想拍给秋姐看，但这一群"模特"极不配合，不管你转到哪个方向，它们永远是屁股冲着你。

老赖就围着这群骆驼的后屁股转，直到这群骆驼被他骚扰得烦了，索性围成一圈，把头扎到一起拒绝拍摄。这时来了几个南方的摄影爱好者，拿着小树枝来哄赶，才把它们哄开，老赖这才得以凑到近前拍了张照。

拍完照片，老赖深吸一口气，刚要开口说话就被我打断。

我说："咱们后天穿越了塔克拉玛干大沙漠，你就脱离车队，去喀什找秋姐。"

老赖点点头。

我说："我同意，但有个前提，我要做电灯泡。"

老赖瞪大了眼睛，看着我。

我又重复一遍："我要跟你们俩，一起走新藏线。"

老赖看看我，上下地打量，然后笑了："我就知道你会陪着我。告诉你个秘密，如果你去，羽书就一定会跟着，你看着办。"

我惊讶，因为羽书的身体肯定受不了新藏线的艰辛。

老赖蹲下来，抓起一把被树叶掩盖的泥土，放到鼻子下嗅了嗅。他小时候在农村长大，对泥土对庄稼有着特殊的情感，我经常看到他像这样抓起一把泥土闻一闻的动作。

只是这次，他没有把手里的那一捧泥土扔掉，而是从挎包里摸出一个饮料瓶。那是一个中号的塑胶饮料瓶，里面已经放了大半瓶的土，真不知道他啥时候弄的。他把手里的那捧土小心地放进饮料瓶。站起身，拍拍手，举起瓶子对我说，这里面放了从西宁开始，车队经过的每一个地方他积攒的每一捧土。

老赖憨笑着说，他希望再装满一瓶子西藏的土，如果他真的死了，希望我能把这两瓶子的土堆在他的墓地上。

我接过那瓶土，摇一摇，举起，放在阳光下看着。那瓶土毫不出奇，但却是由整个南疆的土壤混合在一起的。

我递给老赖这瓶土，淡淡地说："放心，我会走遍中国收集东西南北中的土壤，放在你的墓地。"

老赖笑，说："那我给你留张卡，报销你的路费。"

南疆的阳光，虽然是在深秋，却依然明媚火热。身后那金色的胡杨林是顽强生命的楷模。

我和老赖就在这样明媚的阳光下，在这顽强的胡杨林中，谈论着死亡，谈论着他的身后事。阳光依旧火热，我却没有感到温暖。

离开喀什泽普之后，半夜十一点多才赶到和田。

疲惫、辛劳让所有人都失去了出去逛逛，吃点东西的心情，只等着天亮再来认识这座南疆小城了。

一说和田，人们大多想到的都是国石——和田玉。这种美丽而珍贵的石头在世界上都很有名，尤其是其中的羊脂玉更是玉中之王。玉以城为名，城也因玉而名。

和田古时的称谓叫"于阗"，藏语的意思就是"产玉石的地方"，于阗曾是古代西域南道中最强的国家之一。

和田地处南疆的最南缘，塔克拉玛干南部。虽身处边疆沙漠的边缘，但这座小城却绿意盎然，生机勃勃，道路两旁密布着高大的绿色植物。

在和田的这些"绿色通道"里，最有名的要数那条架满葡萄架、爬满了葡萄的长廊了。

这条长廊足有五公里长，葡萄架上有很多已经晒得半干的葡萄，就那么明晃晃地悬挂在架子上。车队从葡萄架下驶过，阴凉和清香，让我们不由放慢了车速。

随意地闲逛在古城的街道上，转悠进一家卖和田玉的玉石店，老赖出乎意料地执意要买一块玉牌。

方娟对玉石有些了解，她的父亲喜好古玩玉器。

她看过那块标价二十一万的玉牌后，对老赖比了一个手指，一万。

老赖开始了艰苦卓绝的讨价还价。

每一次还价失败，老赖就手插口袋走回车里，刚发动引擎，玉石店的老板就追出来死活把老赖拉下车拉回店。

新一轮的讨价还价。

如此反复了五次，耗时一个半小时。终于，老赖以一万元的价格买下了那块玉牌。

开车，出发。

车出和田县城，我问老赖："怎么就一定要买这块玉牌？"

老赖笑，说："有缘呗，看着就觉得有眼缘。"

我问："你是要送人？"

老赖看看我，说："不送人，配对，因为秋姐也有这么一块玉牌，她说就是在和田这家买的。但是她花了八千。"

和田盛产水果和干果，最著名的干果莫过于核桃。在和田的核桃博物馆，有三棵树王：核桃王树、无花果王树和梧桐王树（一说是葡萄王树）。

其中最高大伟岸、苍劲挺拔的就是核桃王树。据后人考证，此树已有五百六十多年的历史（也有传说此树种于唐代，据今已有一千多年的历史），堪称树中的老寿星了，每年仍能结出六千多个核桃。此树高近十七米，身量大，仅此一棵就占地一亩。这棵树上结的核桃以个大皮薄、果仁饱满而著称，核桃有有健身益肾、滋肝润肺、润肠健脾、延年益寿之功效。

我们到达核桃博物馆公园的时候，今年的核桃刚刚收获完，工作人员正在给老树修剪枝叶。

一身材健硕的工作人员攀上树王，转眼就被掩藏在枝繁叶茂的树杈间，不见踪影。可见老树的粗壮茂密，人藏其间，居然可以不见踪影。

▼ 千年核桃树，如今依然硕果累累

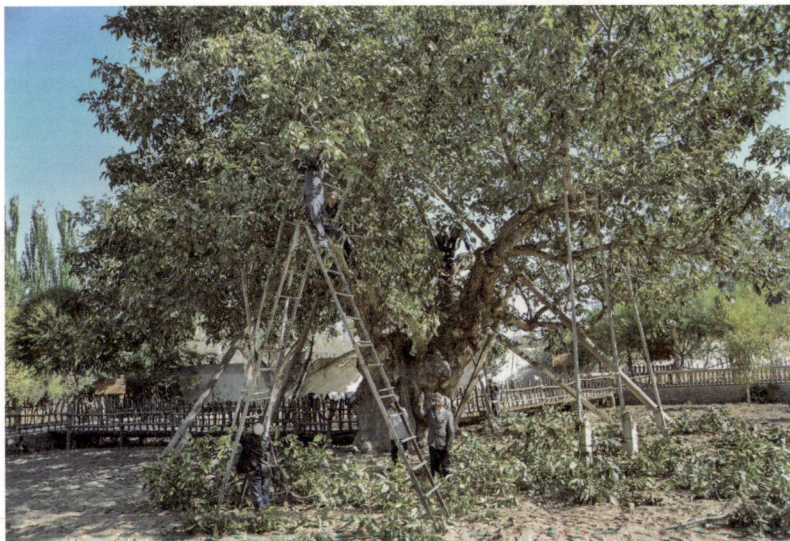

此公园里专门设有博物馆来详细介绍和田核桃。据中医书籍上记载，核桃原产于羌胡之地，在宋代被收录进中医草药名目中，当时叫"羌桃"。新疆和田是中国最早种植核桃的地区之一，是有名的"核桃之乡"。

在核桃博物馆的后面，随意散放着一些木制的门窗，门窗上的木制花纹很有新疆特点，很漂亮，不知道怎么放在这里了。多亏新疆干燥少雨，不然这样散放在户外，在其他地区早就腐烂掉了。车友中的几个摄影爱好者对这堆门窗产生了浓厚的兴趣。

我和老赖、羽书、方娟四个人结伴在公园里转悠着。

围绕着核桃这个主题，公园也开发出许多旅游纪念品。桃树木雕的木钵、桃木剑等，都做得很精美。

这里除了这种木制品之外，最贵的要数树王产的核桃了。有的是吃的，有的是玩的。如果能在里面挑出一对大小形状适合、品相好的，价值可能不下万元，如果经过几年的搓盘，盘出光润如玉，可能价值更高。

上小学时，课文里有一篇骑着毛驴去北京见毛主席的库尔班大叔，他就是和田人。当年库尔班大叔的标准相就是骑着一头小毛驴，和田还有他的雕像，但是我们没见到。

出了核桃王公园，行车路程当中在一条河边停车，这里是玉龙喀什河大桥，淘玉的天堂。据说这里就是清代时的和田玉滩床，到今天每天都有当地人来捡漏。我们也在这里的河道里寻找了半个小时，多数人只捡到一些漂亮的石头。

据当地人说，像我们这样的游客每年起码都得有十万左右的人次在这河道里徘徊，有玉的话早就被淘走了。离开玉龙喀什河已经是下午两点多，赶到和田的策勒县，寻到那家在网上攻略里提到的当地著名的烤包子店。

这里的烤包子以个头大而闻名，大馒头一般大小，一个吃好，两个吃饱，三个绝对吃不了。

午后两点正是新疆的午饭时间，这时的店里真的是人满为患，大小桌子围满了人。

烤包子里夹的都是羊肉馅。刚刚烤出的烤包子，打开来，里面羊肉的鲜美味道四溢，不过不要着急，心急吃不了热豆腐，这时候一口咬下去，保证你会被里面的汤汁烫到。

吃烤包子就不需要其他的美味佳肴了，只需一碗清茶佐餐。

在烤包子店进门显眼处，摆放着两个茶水桶，旁边摆满了碗。茶水是免费的，有需要的可以拿着碗自己来这里盛茶水。

因为新疆的饮食大多以牛羊肉为主，多油腻，茶就成了饭后必需的消食饮料。

在这儿吃烤包子也有技巧。把包子整个从中间剖开的吃法比较科学，因为大开盖之后，里面的汤汁不易流失而且还凉得快。缺点是深秋的天气毕竟不是太暖和，必须要吃得很快，不然羊肉冷掉后就极易和油凝成一块。

我和老赖坐下。

羽书吃不得油腻，和方娟跑去市场找吃的了。我们的对面是　维吾尔族汉子，带着只有四五岁的小儿子。两个烤包子，两碗粗茶水。父亲喂给儿子一小口，自己狼吞虎咽一大口，父子俩吃得好香。一个包子，一碗清茶，就成了新疆人父一辈子一辈共同的美食。

吃完烤包子，羽书和方娟也回来了，羽书还拎了一大包面包。

上车，赶路，目的地策勒县。

策勒县位于和田地区东部，是古"丝绸之路"南路上的重镇，历史非常悠久。

顺着路标，我们的车队无意中拐到了这里。达玛沟遗址群1号佛寺属于方形像殿佛寺，这是全世界目前发现的中古时期的最小佛寺，也是在塔克拉玛干沙漠地区保存最完好的古代佛堂建筑形式佛寺。

这里的佛像雕塑保存较好，壁画精美，属于典型的于阗画派。提示，博物馆不准拍照。

在达玛沟佛教遗址的周遭，有很多美丽的枯树和芦苇，这给遗址增添了一丝古意。

今天策勒县南部山区古时为渠勒国，是古时西域三十六国之一，策勒县只是我们的途经之地。这里也没有很让我们留恋的东西，人困马乏，抓紧离开策勒继续前行。

车行至于田县。这里原本是西汉时期西域都护所领三十六国之一的扜弥国，也是丝绸之路南道入口和佛教初传之地，是古时兵力最盛的绿洲古国，后来被于阗国所并，而县名就是由于阗两字简化而来。

238

我们到达于田时已是北京时间19：30，正是新疆下班放学的时间。

于田是"中国大芸之乡"，大芸又名肉苁蓉，是很名贵的中药材。

我对老赖开玩笑："你该买点，这东西是壮阳佳品。"

老赖反唇相讥："咱俩比试一下，看谁需要壮阳？"

说完，一把脱下外套，扒下了衬衫，赤裸着胸膛，故意挤出来胸肌冲我示威。惹不起，我躲。于田还盛产白玉，历史悠久，驰名中外。当然，整个新疆好像都盛产甜得掉牙的水果，随便哪个水果摊上买来的水果都甜得让你不会后悔。

到了于田，由于还要向前赶路，所以留的时间不多。我们就去了一处农贸市场，大肆采买了一番。

南疆人其实很友好，每位摊贩都和颜悦色的。你在他的摊上买了东西，商贩会给你一个回眸的浅笑，表示友善。我们买的最多的还是水果、馕和烤包子。

离开于田，天已经将黑了，车子前行方向的右方就是巍巍昆仑山。车窗外已经出现沙丘和草扎的网格。今晚的目的地是塔克拉玛干南缘的民丰县，明天就要离开昆仑山，北上穿越大沙漠了。车子还在前行，到达民丰肯定又得是入夜时分了。明天，塔克拉玛干。

沿公路横穿整个塔克拉玛干大沙漠算是南疆行最精彩的结尾了，也是所有人都最期待的华彩乐章。在到达民丰的当夜，车友们就开始兴奋起来。住的酒店走廊里听不到喧嚣，静悄悄的。但你沿着走廊慢慢地走，细细地听，有几个房间里能传出压抑不住的欢笑声。敲开门，车友们三五一伙，聚在一起喝着啤酒，兴奋地畅谈着明天即将开始的沙漠之旅。

回到我的房间，同样的热闹。老曾和方娟在拼酒。这两人有点渊源。他们俩同年同月同日生，性格也有点像，都是快言快语，都是豪爽不羁，就算是喝起酒来也是谁都不服谁。地上一整箱的空啤酒瓶子被甩在一旁，这两人已经开始喝第二箱。

老赖和羽书面对而坐，在喝功夫茶，不时轻声细谈。一旁，老徐端着一瓶啤酒，在老曾和方娟中间坐着，"嘿嘿"傻笑，眼睛眯成一条缝。以我对老徐酒量的了解，即使再喝三天，他也就是这一瓶陪着。他的酒量仅比我强那么一点点而已。我是闻酒醉，他是一口倒。

今晚，每个人都很兴奋，说不清是为了明天的沙漠之旅，还是为即将结束的这段旅程。看来，这是个不眠夜了。坐过去，喝了一杯茶。老赖泡茶的手法一直让我钦佩。羽书递给我一块点心，我摇摇手。这个时间段我拒绝吃东西。不知怎么的，她今天好像和以往不一样，显得特别兴奋，把点心强行塞进我嘴里，不吃不行。她从来没这么闹腾过，看来也是被大家感染了。

老赖沙哑着嗓子，嘿嘿地笑："羽书要跟着你一起走新藏线，你怎么决定的？"老赖的语气，重点强调了跟着我。

我看看羽书，摇头："你不行，身体肯定吃不消。"羽书嘴一撇："非洲我都待了半年，新藏线这十几天还有啥吃不消的。"看来，援建非洲是她这半生都值得夸耀的一件壮举。

老赖的手机来了个电话，他接起，说了几句。放下电话，老赖对方娟说："还记得在艾提尕尔寺遇到的那个藏族女孩达娃吗？"

方娟点头："记得呀，去成都找爸爸的那个，怎么了？"

老赖说："秋姐来电话说那女孩找到线索了。他爸在成都做小生意，只是这几天没在成都，但是已经找到了他爸的住处。达娃让秋姐转告对你们所有人的感谢，尤其感谢方娟姐姐。"老曾举起酒瓶和方娟一碰，玩笑着说："来，方仙姑，为你的善举干杯。"我也端起了茶杯，一饮而尽。我是唯物主义者，对那些灵异的东西不信。但我对

▼ 相互依附的胡杨会让人感动

241

所有善良的举动都心存感激。

这一夜基本上只睡了三个多小时。清晨，这座小城还未醒，我们的车队已经带着疲惫和兴奋的心情出发了。

民丰，这座南疆小城，因地处横穿塔克拉玛干的沙漠公路最南端而在近期时常被人提起。民丰古时被称为尼雅，是西域古精绝国的一部分。它有着灿烂的古代文明，但是现在却成为一个迷，消失在塔克拉玛干的茫茫黄沙中。

二十世纪初，英国人斯坦因在新疆塔克拉玛干大沙漠的南缘尼雅河畔发现了一座古城遗址，并从这里挖掘出封存了千年的各种珍贵文物十二箱之多。当这些文物被带回英国时，西方学者大为震惊，将尼雅遗址称为东方"庞培城"。

尼雅遗址位于尼雅河末端已被黄沙埋没的一片古绿洲上，在这片狭长的区域内散布着规模不等、残存程度不一的众多房屋、场院、墓地、佛塔、佛寺、田地、果园、畜圈、渠系、池塘、陶窑和冶炼遗址等遗迹，可见古时这里应该是一片水草丰美之地，现在却是四野黄沙。

/沙漠——是结束也是开始的地方/

从民丰向北，告别昆仑山，踏上了通向库尔勒的塔里木沙漠公路。这条公路是目前世界上在流动沙漠中修建的最长的公路，于1995年9月全部竣工，全长552千米，其中流动沙漠段公路北起肖塘，南至民丰县城以东23千米的恰安，全长446千米。

大漠在我心里一直关乎文学，它与唐诗宋词有关，与丝绸之路有关，它也关乎风景，与《国家地理》中那些美丽的照片有关。

而今深入大漠，这个在许多文学作品里被描绘得无限接近死亡的地方，没有了艰辛让人恐惧，只留下壮美供人敬仰。

被称之为"死亡之海"的塔克拉玛干是我国最大的沙漠，同时还是世界最大的流动性沙漠。它神秘，具有无可比拟的诱惑力，因此是摄影家的天堂，是探险家的乐园，是旅者的心灵圣地，是普通人心中的海市蜃楼。

老赖开着车，车速在放缓。辽阔的沙漠如同一轴巨幅的画卷，正缓缓地展开。沙漠越是辽阔，那无法压抑的沧桑感就越是强烈。

车里静悄悄的，人人都屏住了呼吸。只有相机清脆的回响敲击着人的心房。

自从老曾回到车队，后座坐了三个人，我们这辆头车就显得有些拥挤。其实，大切这款车后座即使坐三个人也不算拥挤，拥挤的是那种氛围。

因为姐夫的存在，羽书安静了很多，也恢复了我初识她时的那份冷漠和高傲。此时，她就坐在我身边。

车窗外，沙漠的苍凉、辽阔、壮美影响了她的心境。车窗前，沙漠中那条路蜿蜒逶迤，向着远方伸展，仿佛没有尽头。

羽书望着沙漠和车轮下的那条路，不知想起了什么，突然挽住我的胳膊，把头靠在我的肩上。她挽得很紧，好像怕失去什么，又或者，眼前沙漠的苍凉让她怕了某些东西或某些事。

我低头，看着她。她没看我，她的眼睛固执地盯着车窗外，一眨不眨。

车缓缓地停下来。

老赖拉起手刹的瞬间，突然仰起头，用沙哑的烟嗓子拼尽全力地吼了一声："我的热情！好像一把火！燃烧了整个沙漠！"

我抓起手台也跟着大吼了一声："全体，沙漠狂欢，现在开始high起来！"

几辆车几乎同时打开两侧车门，人像是从车门里弹出来一般。转眼十几个人就冲到了山丘上。几乎都在跟着老赖一起唱，唱那《热情的沙漠》。整个车队十几个人，只有羽书和方娟最冷静。方娟是因为

腰扭伤，她疯不起来，只能缓缓地慢悠悠地下车，走上沙丘。但即使这样，她的嘴也跟着大家的节奏大声唱着，只是快节奏配合着她的慢动作显得很滑稽。

羽书是真的淡定优雅。我这边已经跑上了沙丘，听到她在身后喊我。身边的车友们在歇斯底里地呐喊着。她呼喊我的声音，轻轻柔柔的。但偏偏就那一声轻柔的呼喊，我就真切地听到了。扭头一看，在这两分多钟的时间里，羽书居然奇迹般地在车里换好了一套衣服。

白色的男士尖领衬衫，一袭紫红色的长裙，一双白色的高跟鞋。我呆呆地看着她。这身衣服在这辽阔苍凉的沙漠里很不搭调。这里适合破旧、褪色、多袋的类似行者式的、苍凉的服饰。

见我回头看她，羽书将双手放在嘴边呈喇叭状，冲我喊了声："来，给我拍照。"冲我又招招手，一甩长发。

天上的云静止了。地上的风轻轻柔柔地刮过。蓝天，白云，黄沙。白衣，紫裙，长发。突然感觉，浑然一体了。

我端着相机跑回沙漠公路，跑到她的身前，半跪在地上，举起相机，对焦。平心而论，羽书不是很漂亮的女人，她的五官不够完美，更不够精致，她的身材也说不上有多好。但她，有味道。有女人味，有成熟的风韵。对女人来说，这已经足够了。

拍了几张后，羽书过来挽住我一起走上沙丘。

沙漠上，我的那些车友已经散开。有两位女士据说是瑜伽教练，在全国比赛获过奖。沙漠里，这两个人摆出各种双人瑜伽姿势。几位男士围着她们拼命地拍照。

▲ 大漠双人瑜伽

老徐抓住了一只沙漠小蜥蜴，和老曾两个人，就像淘气的顽童逗玩着那只可怜的小蜥蜴。

远处有几个人脱下鞋，踩着烫脚的沙子，爬上一座更高的山丘，准备玩滑沙。

方娟正在环顾左右，估计这美丽的沙漠景色激起了她作画的欲望吧。冷不防地，羽书突然一把把我推倒，我直挺挺地摔倒在沙丘上。她用手一指我，说了句"别动"后就把相机递给方娟。

羽书走到我身前，把我四肢拨开，摆成大字型。她在我的左侧躺下，枕着我的胳膊，侧身背对着我。她的身体蜷缩，是初生婴儿一般的姿势，像一只可怜的小猫。

方娟举起相机，连拍了几张后又把相机递给我，说了句："典型的美女与野兽。"

我接过相机，看着相框里的成像。我——黑色的褪色到有些斑驳破旧的冲锋裤，黑色半袖T恤，黑色棒球帽，黑色眼镜，被高原紫外线晒得黝黑的脸庞，沧桑疲惫。她，精致的男士白色衬衣，黑色的纽扣，紫色长裙，一头秀发，半闭的双眼，长长的睫毛。安静的面庞，甜、憩、雅、静。美女与野兽的绝配。

站起身。远处离人群大约五六十米远的一座小沙丘上，老赖叉着腿，双手插在裤袋里，眼望远方。背影逆光，显得无比落寞、凄凉。我踩着松软的沙子，走过去拍了一下他的肩。老赖转过身，戴着黑黑的墨镜，我看不到他的眼神。

他龇牙一笑，说："兄弟，我后悔了，我不想埋在这里。这儿太空旷，太荒凉。我女儿如果来看我，都找不到地方祭奠我。"他的话语轻松，面带笑意，但是尾音有颤抖。

这是怎么了？刚才还唱着《热情的沙漠》，怎么一转眼又说到了死亡。其实我也知道，别看他整天嘻嘻哈哈，但死亡的阴影始终在他的内心世界里徘徊。没法安慰他，且他这种性格的人也无须安慰。我唯一能做的就是陪他一起享受寂寞。

和老赖并肩往前走，翻过了一座沙丘。眼前又有一座更高的沙丘。再翻过去，前面还是绵延的沙丘。更高也更漂亮。沙漠的诱惑，就在于此。越往深处走，就越能发现沙漠的美丽。那是一种没有被人类足迹践踏的，一尘不染的空灵寂寞的美。

和老赖面对面，坐在滚热柔软的黄沙上。身后的不远处，方娟和羽书不远不近地跟着。见我俩坐下，她俩也停住脚步，开始摆出各种很夸张的姿势玩自拍。

老赖从包里又掏出那个饮料瓶，很认真地把沙子灌进去，把瓶子灌满，又很认真地放进包里。

我笑："方娟说你死不了，你就别忙着弄身后事了。"

老赖认真地说："真死了，这杯沙土埋葬我。死不了，我就用这瓶土栽种一盆仙人掌。因为仙人掌耐旱，不怕死。"

我说："仙人掌满身是刺，很像你呀。"

老赖叹息一声："纵然浑身是刺也挡不住死神的拜访。"

阳光，很明媚。沙漠，很热情。但我，却感到阵阵凉意。话题太沉重了。我环视左右，想寻找点什么来转移话题，就看到羽书和方娟在拍照。走过去，看着羽书，说："在沙漠里拍照，你这么穿衣服和沙漠不搭调。你该狂野点。"

羽书笑颜如花，感觉她今天的神态和精神面貌很不一样。我不知道这变化何来，但肯定有缘由。

方娟说："你来让她狂野点吧，我也觉得她和这沙漠不搭调。"

我走过去，伸手把羽书的白衬衣从裙子里拉出来。羽书望着我，嘻嘻地笑。我伸手，解开她白衬衣的纽扣。

一颗，两颗，三颗。

她望着我，依旧在笑，脸颊却悄悄爬上了羞涩的红晕。解开她衬衣的扣子，将她的衬衫敞开怀。里面是一件紫红色的胸衣，和裙子同色。蹲下，抓起她的两侧裙角，提起，挽在一起，系上个花一样的扣子。抓下她脚上的白色高跟鞋，让她赤脚站在大漠上。

我退后两步，看了看，还是缺点味道。从我的腕上取下一条魔术围巾，包住她的一头长发，又把墨镜戴在她的鼻梁上。

嗯，方娟拍着手，赞叹道："这才对劲，猴子还真会欣赏你。"

羽书低头，看看自己的胸衣，有点羞涩，放不开。

我走过去，双手从她身后，轻轻地，环住她的腰。她的身体一紧，不自觉地缩起了双肩。

我说："放松，就当在拍婚纱照。"

她用手指甲在我的胳膊上轻轻抠了一下，但能感觉到她的身体在慢慢地放松舒展。

方娟举起了相机。拍下第一张，方娟看了看相机上的成像，说："羽书，你太不自然了，弄得猴子像个流氓强抱着你似的。"

羽书尴尬地笑笑，说："再来。"

方娟举起相机，对焦。就在方娟要按下快门的一瞬，羽书突然扭头，将嘴唇贴在我的脸颊。定格了几秒钟后，羽书一下子跳开，跑去抢过方娟手里的相机。方娟看看我，又看看羽书。对我一竖大拇指。

我也走过去，说："来，给我看看。"

羽书一下子把相机藏在背后，说啥都不给我看。

老赖也走过来，盘腿坐在沙漠上，摘下帽子，摘下墨镜。用手指摆弄一下卷卷的有些稀疏头发，说："来，给我拍一张。"

羽书举起相机，对着老赖皱眉头，说："赖哥，你太严肃了，笑一个。"

老赖一本正经地说："这张是准备做遗像的，怎么能笑呢？"

羽书举着相机，对着老赖好半天，然后，突然放下相机，抬脚踢了老赖一身的沙子，说了句："讨厌死了。"

羽书把相机塞进我的手里，往公路跑去。方娟接过我手里的相机，蹲下来，一边给老赖拍照一边也骂他："我都说过你死不了。你怎么老把死挂嘴上，多扫大家的兴致。"

我看着老赖，他的神色不大对劲。

他笑得满不在乎，笑得都太刻意，这是个藏不住心事的男人。这样的人很简单，只要留心观察不难摸到他的脉。

我试探着问："怎么，和秋姐闹别扭了？"

老赖脸色一变，嘟囔道："也不算闹别扭吧，她自己走川藏线了，不等我了。"

我暗笑，果然只有爱能让精明的男人变成傻瓜。对老赖说："继续。"

老赖愣愣地看着我："继续什么？"

我说："这事是果，前面肯定有因。秋姐不像是言而无信的人，这之前发生啥事了？"

老赖低头，想了半天。方娟问："你是不是对她说了家里的啥事？"

老赖恍然，说："昨天，我女儿从新西兰来电话，说和男友谈婚

▲ 勒勒车，沙漠独有的木制运输车

▲ 耐旱的骆驼

论嫁了，让我去新西兰一趟。我就跟秋姐说了这事，还邀请她跟我一起去新西兰。不会是因为这事吧？"嗯，这就对了，我说："秋姐知道你的身体状况。现在你就要当幸福的老岳父了，人家还怎么可能让你陪她冒险。"方娟接过话，说："再说了，你跟秋姐没名没份，也没事实的。人家凭啥跟你去见女儿女婿，人家算啥身份呢？"老赖挠着乱糟糟的卷曲头发，嘿嘿傻笑："我疏忽了，行，下次再有机会，我一定弄个既成事实。"

走回公路附近，我的这帮车友玩得正欢。老徐和老曾，这俩一米八多的汉子彻底变成了小孩。他们用一箱矿泉水把沙子拌湿后拍实，堆砌成一个欧式小城堡。把抓到的那条小蜥蜴放进城堡里。然后围着城堡和小蜥蜴，正得意时，小蜥蜴却不领情，一通乱蹬乱蹿，城堡顿时狼藉一片。

这一边，那两位瑜伽美女终于折腾累了，背靠背坐在沙漠上喝着水休息着。即便这样，那几个摄影发烧友依然不依不饶地围着两人拍照。另一边，羽书在离人群几步远的地方，跪在沙漠上，正用手指在沙子上画着什么。

老赖先走过去蹲在羽书跟前，笑嘻嘻地道歉："妹子，赖哥不好，以后再也不提'死'这个字了，行吧？"羽书抓起一把沙子扬在老赖身上，说了句："烦你。"老赖笑嘻嘻地抖着身上的沙子，走过来冲我挤挤眼。

我走过去，想看看羽书在沙子上画的是什么。羽书从地上的影子看到我走了过来，立刻把沙子上画的东西胡乱抹掉。我问："画啥呢？"

羽书想了想，起身走到我背后，跪在沙地上，在我的后背写字让我猜。后背一阵酥痒传来，心无比的舒坦。记得上小学的时候，每次学校开大会，校长在主席台上长篇大论，我们就坐在主席台下，两人一组在后背写字猜字玩。

我正走神，后面羽书问："我写的啥？"我闭上眼睛，说："你再写一遍。"羽书在我后背使劲拍一下，气恼地说："你认真点，不许走神。"又写了一遍。我一个字一个字地猜：我、想、恋、爱。羽书掐

我一把，说："小点声。"我回身，问她想和谁谈恋爱，我来给牵线。羽书看看我，说："你说，我要找一只臭贫没有正调的老猴子，谈一场恋爱怎么样？"我假装想了想，说："你可得想好，你和猴子的染色体不匹配，万一你俩生个猴娃……"羽书跳起来，踢一脚沙子在我的身上，嗔怒地骂一声："狗嘴里吐不出象牙，你不臭贫能死呀。"回头看看那几个围着瑜伽女拍照的哥们，羽书说："我跳舞，你给我拍点照片呗。"我惊奇地问："你会跳舞？"她骄傲地一笑："别忘了，我在非洲待过。"我去车里取来DV，羽书用手机播放音乐。

蓝天白云下，辽阔壮美的沙漠上，穿着白衣紫裙的羽书翩跹起舞。所有人都围过来，拍着节奏，叫着好。这一刻，羽书的脸上灿烂如花。

上车，接着赶路。坐在车里，兴奋之情还没有退却，所有人都透过车窗仔细欣赏着沙漠。

在沙漠公路的两侧各有一条固沙林带。这条固沙林带是由胡杨、红柳和一种耐旱的梭梭草组成，采用的是以色列发明的滴灌法进行养护浇灌。

这一条不起眼的固沙林，远看像一处绿色的飘带蜿蜒着飘落在沙海之中。不得不佩服筑路的工人，能够缚住流动性这么大的沙丘，使沙漠变通途。而他们凭借的只是那种最简单的草方格就办到了如此难的事情。

其实，我们这种走沙漠公路的方式，真的不能算是横穿。对旅行者来说，穿越塔克拉玛干意味着走于田或墨玉到阿克苏的两条线路，其中从于田大河沿线走难度最大。这种徒步的穿越才真正考验人的意志，也更令人难忘和着迷。

我们从早上十点左右进入沙漠，一直到下午四点才离开走出来。车窗外开始有植物出现，那就是胡杨，沙漠里坚强的战士。因为水量不足的缘故，很多胡杨的枝条都趴伏在地上，变成一堆堆的枯枝。沙漠胡杨很难形成伞形的树冠，往往都是从主干长出细细的枝条，这种形态适于在缺水的时候萎缩，等到有水的时候，又能从主干最快地供给树叶末端。

关于胡杨，一直流传着枯而"千年不死，死而千年不倒，倒而千年不朽"的传说。遍地枯木，残阳如血，古道西风，断肠天涯。这凄凉的残败，是摄影家心中最爱的天堂吧。

/因为多情/

离开沙漠公路，我们一直在沙漠的北缘向东行驶，当晚到达了南疆仅次于乌鲁木齐的第二大城市，库尔勒。

在新疆这个以维吾尔族为主的省份里，库尔勒居然是个蒙古族自治地区，有意思。库尔勒是维吾尔语，直译为"楼兰人"，是"眺望"的意思。

库尔勒的过去因塔里木河和孔雀河的滋养而富足，而库尔勒的今天更随着塔里木石油的开发而富裕。如今的塔里木盆地已成为我国四大气区和六大油田之一。

库尔勒还有许多令旅游者疯狂的名词——罗布泊、楼兰古城、博斯腾湖、巴音布鲁克大草原以及我已经领略过的胡杨林和塔克拉玛干。遗憾的是，由于季节和路程时间的关系，此次的南疆行必将留下很多的遗憾了。那些传说中的圣地，此次无法到达了。

到达库尔勒，全队休整、聚餐，庆贺我们的沙漠之旅。

次日，我们又返回到大漠的边缘去探访罗布人村寨。

罗布泊在若羌县境东北部，曾是我国第二大内陆湖，因地处塔里木盆地东部的古丝绸之路要冲而著称于世。

其水源是塔里木河，后因塔里木河水流量减少，周围沙漠化严重，直至20世纪70年代末完全干涸。紧临罗布泊的楼兰古国在公元4世纪的神秘消亡也是历史上有名的未解之谜。

千年以来，罗布泊一直被视为一个充满死亡和危险的地方，直到楼兰被斯文·赫定发现。为揭开罗布泊的真面目，无数探险者舍生忘死地深入其中，其中不乏有悲壮的故事发生，而那些探险人的遇难更为罗布泊披上神秘的面纱。有人称罗布泊是亚洲大陆的魔鬼三角区，著名科学家彭加木、探险家余纯顺都在这里失踪。

在罗布泊地区生活着一些操罗布方言以打鱼为生的土著居民，被称为"罗布人"。千百年来他们与世隔绝，逐水而居。

如今的沙漠中只剩下最后为数不多的罗布人。他们在沙漠中的海子周围打渔、狩猎、种庄稼，保持着原始的风俗习惯，其生活充满神秘色彩。

我们参观的罗布人村寨方圆七十二平方公里，有二十余户人家，是中国西部区域面积最大的村庄之一，属琼库勒牧场。这里是罗布人居住的世外桃源。在被辟为景区后，最大的沙漠、最长的内陆河、最大的绿色走廊和丝绸之路在这里交汇，形成了具黄金品质的天然景观。

罗布人村寨里景观很多样，涵盖塔克拉玛干沙漠、游移湖泊、塔里木河、原始胡杨林、草原和神秘的罗布人文化等。

南疆一路，我们见识了金胡杨、沙漠胡杨，而这里的胡杨则要滋润得多，由于水泽丰沛，许多胡杨干脆生长在水里，形成了独特的景观。

罗布人是维吾尔族的一个支系，因与荒原为伴，生活习俗也充满了荒原的特征，粗犷、原始，体现了他们非凡的忍耐力和适应性。他们住的地方叫萨特玛，古朴随意，建筑风格独特，通常是在海子边找一棵大的胡杨树，以树冠为屋顶，集红柳、芦苇、树条编插成一棚茅屋。

罗布人逐水而居，所以一到罗布人的村寨里就仿佛进入了水乡泽国，大小湖泊许许多多。如果不亲临，你真想不到在世界第二大沙漠的边缘竟然会有这么多的水域。你脑海里新疆干旱缺水的印象，在这里可以被彻底地改变。

罗布人的饮食以烤鱼为主，围火堆烤鱼已经成为其一大特色。

罗布人还有一个让人称奇的特点，这里的长寿老人非常多。他们不食水果蔬菜，不食咸盐和佐料，缺医少药的，却很少有人生病。罗布人中的百岁以上的老人比比皆是，这里是有名的长寿之乡。问起他们长寿的原因，回答可能是由于他们世代居于较为偏僻的罗布泊地区，远离环境污染，性情乐观、豁达、豪放，喜歌善舞的缘故。生活在如此纯美的环境里，凡人如我们也会长寿吧？

村中有位于库鲁克塔格山兴地峡谷中的兴地岩画，是新疆发现较早的也是较大面积的岩画。反映了远古牧民狩猎、建筑婚嫁、舞蹈等场景，在我国岩画史上有很高价值。

作为旅游景区，游人在这里可涉河水、穿森林、骑骆驼观沙海；可狩猎、滑沙、乘舟捕鱼，甚至可以乘滑翔机俯瞰整个沙漠泽国的美景，还可以听罗布人演唱民歌，也可以围着篝火观看罗布舞蹈，睡茅屋，领略古老的罗布民族风情，享受回归大自然的乐趣。

离开罗布人村寨，我们真的就离开了塔克拉玛干的怀抱。

我们一路向北，目的地乌鲁木齐。距离要离开新疆的日子越来越近了，这一路虽然风尘仆仆却真有许多不舍在心头。车里所有人都在沉默，惆怅的情绪在滋生、蔓延。

羽书坐在我身边，下颌搭在我的肩上。她的手紧挽着我的胳膊，从上车起就没撒开过。前座，老曾回头看看我俩嘿嘿笑着说："猴哥，今后你得管我叫姐夫了吧。"我看看羽书，笑笑，扭过头望着车窗外。我也因为行程即将结束而惆怅，没心情跟老曾斗嘴。

羽书有心情，她在老曾的头上推了一把："姐夫很了不起吗？叫你声姐夫，你给他多少改口费？"老曾翻了翻白眼，叹息一声："女大生外心，前几天还姐夫长姐夫短呢，这就开始胳膊肘往外拐了。"羽书也不示弱，说："嫁鸡随鸡，嫁猴随猴。我既然想做他的人，首先就得把心给他，有错吗？"

我没心情参与斗嘴，我一直都在猜测是什么让羽书突然像换了个人一般。她的变化来得太突然，突然得让我觉得有些不安。和我一样沉默寡言的还有老赖。他又开始低头玩手机，正和秋姐聊得昏天黑地，不管不顾。

▲ 荒凉的戈壁

我把视线投向窗外。这十几天的时间里，我用车轮和自己的眼睛与辽阔的南疆大地做了一次亲密的接触。

这一大片的疆土，放眼望去，那一望无际的戈壁蔓延到远方的天际。

这是一片辽阔的疆土，但这片疆土之上既有喀什的古朴悠远，也有塔克拉玛干沙漠的荒漠苍凉。你可以幻想那巍巍天山下，一曲羌笛、几声胡笳的丝绸之路上的驼铃声，也可瞻仰那交河故城的残垣断壁，在夕阳西下的沧桑中用衰败提示着走进这片疆土的人们，这里有历史，也有过战争，更有过文明与辉煌。

细细品味又觉得这片土地上的苍凉和荒漠绝不是主色调。虽然黄沙漫漫，戈壁苍凉，故城衰败，但这里世世代代居住的人民才是这片土地的主色调。这里的人民热爱这块脚下的土地，这里的人民喜欢鲜艳的色彩。这儿的姑娘就像那金黄的胡杨，热烈、美丽、泼辣、多情。这儿的小伙就像那热情的沙漠，宽广、刚毅、顽强、博爱。

想起一首歌的歌词："这是一片多情的土地。"

我看看前面用手机和秋姐打情骂俏的老赖，又侧头看一眼伏在我肩上昏昏欲睡的羽书，心想，来到这片土地的人也都是多情的。

羽书抬起头，揉着眼睛看着我，问："你一直愣愣的，想什么呢？"

我说："遗憾。来到新疆，咱们都没找个酒庄去品一品葡萄美酒。'劝君更饮一杯酒，西出阳关无故人。'都来到这里了，怎么能不喝点葡萄酒呢？"

我这一感慨，最先回应的是老曾和方娟。说起喝酒，这俩人绝对

▲ 这么好的公路，限速六十，昏昏欲睡

是哼哈二将。

老曾把车停在路边，方娟急忙用手机查询附近有无酒庄。

我靠在车上听着老曾和方娟热烈地争论着、吵闹着，也没找到一处可以品葡萄酒的酒庄。我打个电话给乌鲁木齐旅行社的朋友，一个美女老总。十分钟后，美女老总给我联系了一处酒庄并给了我一个酒庄老板的联系电话。我打电话给酒庄的老板，确认了酒庄的详细位置。

所有的人，谁都没想到，这一趟葡萄酒庄之行却差点要了老赖的命。后来方娟说："这是老赖的一劫，命该如此，他躲不开。"

新疆这几年利用地域优势发展了不少葡萄酒庄园。这些酒庄的最大特点是，自己种植自己酿制。建筑风格上则既有新疆的建筑特点，又融入了欧洲的元素。

我们去的这家酒庄是家新建不久的，有些基础设施还没有建好。但是，酒窖、葡萄酒展示厅和品酒吧都已经建好。我不喝酒，也不懂酒，对这里的奢华，我也没啥兴趣。我对后面的葡萄园有点兴趣。我拉着老赖去逛葡萄园，他死活不肯，赖在品酒吧不走。无奈，谁让老赖有病之前也是个酒中豪杰。

我自己去逛葡萄园。刚走出品酒吧，羽书就从后面跟了上来。这伙人中只有她对酒没兴趣。

这家酒庄大概有两百多亩的葡萄种植园。我们到这里的时候，葡萄已经采摘完毕，只剩下空空的葡萄架。和羽书在葡萄架下转悠，茂密的葡萄架遮住了午后强烈的日晒，空气也非常清新。

羽书挽着我的手臂，抬着头仔细地寻找着。终于被她发现一小串被遗落的葡萄，虽然已经被半风干。

羽书伸手要摘，我阻止她。酿酒的葡萄和咱们时常吃的鲜葡萄不同。酿酒的葡萄皮厚，果汁水分少，而且大多很酸。羽书不信，摘下一颗尝了一口，酸得跳了起来。没有了葡萄的种植园，我和羽书依然流连忘返，只因为这里清静。这么多天，难得如此悠闲。置身如同世外的葡萄园中，只有我们两个人。

我问羽书："是什么让你突然开了窍，想要恋爱了？"

羽书转过身，看着我，说："前天，你在ＱＱ空间写的那些话。"

我有点摸不着头脑，我的ＱＱ空间常因为心情而随意写几句，过后却很难记得写过什么。

羽书打开手机进入我的空间，读到："新疆的秋天和内地一样，从绿叶枯黄开始，秋天就悄然而至。当浓绿的叶子还攀附在枝头尽情享受着温暖的秋阳时，或许，就在这个晚上，一场秋天的夜雨不期而至。

"明天，伴着凄苦的秋雨，一阵瑟瑟的秋风吹过，浓绿顷刻间就会变成枯黄，叶子就会残败地挣扎，坠落，飘散。

"凄风苦雨的秋日里，只剩下凄楚的树枝在萧肃中静候寒冬。等下一个春天到来，当翠绿盎然了枝头的时候，那从寒冬中苏醒过来的树枝，是否还记得去年和它相依相伴的那些绿叶。

"树枝当然不会记得，因为，一批新的绿叶将占据它的枝头。只要有春天，树枝就不会孤单。

"可是，就在树枝脚下的那片泥土中，那些曾经也是鲜嫩的可爱的落叶，已经腐烂在泥土中默不作声。

"脚下的落叶每一年都会飘零，谁又能和我一起手牵手，走到时间的尽头，是风是云还是你？"

我想起来了，这是那晚失眠，用手机随手写就的一小段随笔。可我没觉得这些废话能改变一个成熟女人的心态。

羽书却摇着头说："你这些话对我很有触动。如果我就是一片绿叶，既然早晚都要腐烂在泥土中，那么活着的这一春，我就该灿烂，否则，碌碌无为的就腐烂，我岂不是太冤了。况且……"羽书顿了一下，有些羞涩地说："看到这篇随笔时，我就怦然心动，因为我觉得，你最后那句话，就是说给我的。我就该是那个，你……"我望着羽书，无言以对。

身后，老徐匆忙跑过来，焦急地喊羽书："快，老赖昏过去了。"

/突变/

我拉着羽书的手跑进酒庄的品酒吧。老赖躺在一条长凳上，脸色惨白，处于半昏迷状态。见羽书进来，老曾站起来说："一个不留神，他喝了一大杯的冰红酒，你看是不是醉酒？"

羽书过来检查了一下，急忙去车上取下自己的急救包。手脚麻利地，羽书给老赖注射了654-2。挂上输液瓶后，又对我说："赶紧去乌鲁木齐，他这是胃痉挛疼痛导致的昏厥。"

赶紧跑出去把车后备箱的行李都倒腾到老徐的车上，后座放下做成床，把老赖放在后面，羽书和方娟坐在旁边照顾，老曾开车，全速往乌鲁木齐进发。654-2这药对胃绞痛好像很有效。车队开出去一个多小时后，老赖就从昏厥状态中苏醒过来。但情况还是不乐观，胃很痛并且伴有腹泻。

车队冲进乌市时已经是半夜。把老赖送进新疆自治区人民医院时，他又陷入了昏迷。十几个人焦急地围在急诊室门外，我已经电话预定好了酒店，可谁都不肯回去休息。

大约过了一个多小时，医生陆续出来。羽书迎上去和医生沟通后，走过来对大家说："老赖脱险了，病情目前已经稳定了。"说这句话的时候，羽书的眼睛红了，声音颤抖。所有的人都长出一口气。

急救室的门打开，老赖被推了出来。所有的人都围了上去。我靠在墙上，如被定住一般。我不敢靠过去，我不敢看。我能想象出他这会儿头发杂乱，嘴唇紫红，脸色灰白，鼻子上插着氧气管，手臂上扎着针头。他的双眼应该是紧闭的，他的嘴可能是半张着。我见识过很多的死亡，那些人基本都是这个状态。我甚至还能想到他的眼角会有一滴泪流出来。

长出一口气，我抹掉了这个幻觉。这滴泪不该属于这个刚强的男人，这只是电影里的桥段而已。

老赖被送进病房的时候已经是后半夜了，所有人都疲惫不堪。我劝老曾带大家回酒店休息，我留下来照顾老赖。老曾固执地坐在床头，低着头，死也不走。

我走出去，连哄带劝地带大家回酒店。安排车友住下后，我开着老曾的车又回到天池路的人民医院。车里静悄悄的，我依稀听到了奇怪的声音。那声音滴滴答答，似有似无，细听像雨滴滚过房檐滴落在石阶上的声音。我放慢车速，放下车窗，左盼右顾，没有找到来源。这里是少雨的新疆，这个季节咋会下雨？好一会儿，我才察觉出这水滴的声音居然来自我的胸膛。停下车，我使劲拍了一下胸脯，胸膛里有隐隐的痛。抹了一把脸上，脸上干干的，但我知道我流泪了。我的泪水流进了心里。

男人可以哀伤，哀伤的泪不一定流在脸上。

深夜的医院总是给人以瘆人的不适感。银色的灯光让医院的走廊显得惨白。走在寂静的走廊里，脚步声被放大数倍，总感觉身后有另一人的脚步在跟随。

病房门前，老曾蹲在房门口，手里摆弄着一根香烟。他和老赖有十多年的交情，从现在的感觉看俩人交情绝对不浅。我曾有过结拜兄弟死在我怀里的感触，所以很能理解老曾此时的心境，但我又找不出安慰他的话。只能走过去把一包吃的放在他身边，顺手拍拍他的肩。老曾没抬头，只是回拍了我的手。

极不情愿地走进病房，是的，病房是我最不愿意去的地方。这么多年，我曾在病房里送走好几位亲人。

病房里的灯光比走廊的要柔和一些。

老赖躺在床上睡得正安逸，或者说，昏迷得很安稳。

你可曾知道多少人在为你焦心。

羽书站在床边，拿着老赖的手机，神情不安。见我进来，她把手机递给我，低声说："秋姐一直发短信，问怎么不接电话，我不敢回信。刚才又打来电话，我没敢接。"

我刚接过手机，老赖醒了。他的脸色灰白，头发杂乱，脸上的道道皱纹显得更深。他左转头，看看我，右转头，看了看羽书，很努力地装出一副微笑，很牵强的微笑。再往前看看，徒然闭上眼睛。

我知道，他在找人，但绝不是我们俩，也不是门外的老曾。

手里的手机又响起来，我拿着手机来到走廊，走远几步才接起电话。我不想让老赖激动，这个时候他该静养。

秋姐的声音急迫但依然是温柔的。我急忙先声明，我不是老赖免得她说出肉麻的话。不想隐瞒，其实也隐瞒不了，我把实情相告。秋姐听过后，什么话都没说就挂了手机。长吁一口气。明天，最迟下午，秋姐肯定会出现在病床前。

羽书不知何时悄悄来到我身边。我这边放下电话，她靠过来，依偎在我的怀里。我回头看，病房门口没有了老曾的身影。即使没有人注视，我依然不习惯在医院的走廊里和女人亲热。我总觉得在医院的走廊里，会有什么东西在悄悄注视我。

拉着羽书的手，走出医院。

新疆的月夜，清澈、宁静，全没有内地夜晚的迷蒙和烦躁。天空中，远远的，一轮明月悬挂。是悬挂，因为那轮明月过于清亮，而周边的天色又通透清晰，看上去像一幅3D的影像。空气中有一股说不清的味道，既有医院消毒水的味道，又有新疆独有的烤肉的香味，甚至还能闻到一丝丝甜味。

街道上，因为是半夜，车已经很少了，偶尔有出租车懒洋洋地驶过来，看到黑暗处的我们，出租车突然来了精神，车灯明晃晃地照过来，同时鸣笛示意。

羽书拽着我，躲到一阴影处。

夜晚的寒意甚浓，羽书靠在我怀里，我能明显地感觉到她在抖。我搂紧她，她仰起头。月光下，她的眼神一闪，如一抹寒星掠过。

她问我，语气严肃："如果再婚，你会要小孩吗？"我摇摇头，摇得坚决。这是原则问题，我不会含糊。她再一次问我，同样还是这个问题。我依然摇头，比上次摇得更坚决。我以为她会失望，甚至负气而走。但出乎意料地，她踮起脚，居然在我嘴唇上轻轻一吻。很快很轻的一吻，如海鸥掠过水面一般，点到即止。

我有些茫然，不知何意。

她低下头，额头顶着我的下颚，沉思着，仿佛要下很大的决心去决定一件事。我不说话，搂着她。我知道此时说话很蠢。一切的一切，让她来决定。因为，我只知道这个女人我伤不起。

过了一会儿，其实很短暂的时间。只是对我来说，时间有点长。

她抬起头，眼神坚毅，说："如果我不要小孩，我要嫁给你，你怎么说？"

我刚要说话，她制止了我。她说："如果我不健全，如果我随时会有绝症出现，你还敢要我吗？"我点头。虽然我不知道现在是什么情况，但，我敢点头。这些天接触下来，我知道自己喜欢这个女人。她有时任性、孤傲，甚至刁蛮，但她的善良、聪慧、单纯，还有对我细致的关心，都让我感动。我甚至有些自卑，我只是一无所有的浪子，在这样的女人面前，我难免会有不自信。但是，我又很自私地说心里话，如果她身有残缺，我反倒会很坦然地接受。我不在乎她身体的缺陷，和心有缺陷相比，身体的缺陷反倒是我最愿意接受的。

也许是我及时又坚定的态度让她很有安全感，她的眼神开始柔和起来，声音也温柔了许多，轻声说："如果我的生理缺陷是女人最不该有的，你也能接受？"

我抱紧她，凑过去作亲吻状，说："要不要今晚就成亲？"她推开我，皱着眉说："老赖还在病床上，咱们在这里谈情说爱的，不合适吧。"

我说："就因为这样，咱们才更该抓紧享受人生，否则悔之晚矣。""嗯，"她点点头，说："其实也是因为看到老赖大哥的情况，我才下定了决心，人生苦短，我不该错过。"她伸手抚着我的脸，继续说："看来我姐夫没告诉你，其实，我早几年前做了乳腺切除术。我家族有肿瘤病史。"

她定定地看着我，有点慌乱。

我抱住她，紧紧地，说："咱不要孩子，我也对那个没兴趣，所以，有没有乳房不重要。"她有点羞涩地说："切除的是乳腺，乳房还是有的。"我伸手去摸，说："我检验一下。"她一把打开我的手，竖起眉毛喝骂了一声："滚。"旋即，又温存地揉了揉我的脸颊，说："不许胡闹，我可以不要孩子，但我要一个婚礼，婚礼前不许越雷池半步，这是我的底线。"

正待回答，我的手机突然响起来。拉起羽书就往医院里跑。根本不用看手机，这大半夜的，除了老曾绝不会再有第二个人打我的电话。

跑进病房，意外地看到老赖居然半躺半靠在床上。老曾坐在窗边的椅子上，正小声跟他说着话。见我和羽书进来，老赖勉强一笑。这一笑，脸上的皱纹都带着掩饰不住的倦意。

羽书走过去，看了看他的脸色，摸了摸脉搏。

老赖不理会羽书，直愣愣地管我要手机。我回："没电了。"他找充电器，老曾说，你的东西都在车上，车停在酒店了。其实，老曾的车就停在楼下，这就是默契。老曾是个聪明的家伙，知道我的意思。老赖想了想，不甘心地说："把我的手机卡放你手机里，我想看看短信。"我笑，说："你手机卡放我的手机里，不但看不了那些未读短信，而且再放回你手机里，那些短信会自动消失。"

老赖这个年龄的人对电子产品的接受和认知程度有限，比较容易蒙。焦急又无奈，他只能求助地看着老曾。老曾接过老赖的手机，安慰说回酒店给他充电。老曾也是太疲惫，见老赖醒过来，他紧张的情绪终于松懈下来，呵欠连天的。送走老曾，刚回到病房，老赖就开始撵我和羽书，让我们也回去睡觉。

羽书说："医生嘱咐过，你身边必须留护理的家属。"正说着，护士进来换了一瓶注射液，同时叮嘱老赖躺下休息，少说话。

不管多坚强的男人进到医院都会很乖顺。老赖乖乖躺下，闭上了眼睛，嘴里嘟囔了一句："把灯关了，我看不到你俩的小动作。"

他平躺着，鼾声均匀，但眼睑微微颤抖，我就知道他在装睡。有点心酸。

我故意对羽书说："我看老赖怎么能这么轻松，一般电影里，像他这种情况的应该是闭着眼睛，眼角流泪的。"羽书咧咧嘴，想笑，但笑不出。她示意我不要说话，指了指输液瓶，又指了指老赖。我回头看，只这么一会儿，老赖居然真的睡着了。我猜老赖输的药液里有安眠的成分。

老赖睡了，我也感觉到了疲倦。关灯，和羽书挤在旁边的空病床上。

走廊的灯光从门上的小窗透进来，让病房里有了一丝温馨的光芒。她枕着我的手臂在我耳边轻声说："如果有那么一天，我也像老赖大哥这样，你会不会后悔娶了我？"我不假思索地说："会，我一定会。"

侧过脸，我用手指捻着羽书柔软的耳垂，说："我会后悔没有早娶你，我会后悔这么晚才认识你。"灯光微弱，我依然能看到羽书亮晶晶的眼睛，能听到她轻微地抽了一下鼻子。女人，很容易被一句不经意的情话感动。

安静了一会儿，羽书捅了我一下，问："睡了？"我说："早就睡着了。"羽书欠起身，趴在我的胸前，说："我不能要孩子，但我想要个婚礼。"见我瞪着眼睛看她，羽书用手蒙住了我的眼睛，说："我知道，你一定不愿意举行婚礼，你嫌丢人。"我说："我脸皮厚，从不怕丢人，只是我觉得不值。所谓婚礼就是咱们花钱，累死累活地导演一出很无聊的情景剧给别人看，这样的婚礼多无聊呀。"羽书松开蒙着我眼睛的手，说："赞同，所以，我不要那种傻傻的婚礼。但这毕竟是我出嫁，咱们去旅行结婚，你给我一个特别的没有人参加的婚礼，就你和我。"我说："咱们去西藏吧，去鲁朗，去白马家的藏民居客栈，我给你一个藏式婚礼。"羽书眼睛晶亮地望着我，期待地说："那是个什么样的婚礼？"我一边遐想，一边回答她："那是一个山脚下的小村庄，那是一个二层楼的，有着藏式装饰的房子。二楼的房子里有一张雕龙画凤的婚床。那家民居有很大的院落，还有一只小黑狗。咱们可以和藏民一起跳锅庄舞，他们会在舞蹈时唱着藏族的婚礼曲来祝福我们，晚上，我们可以坐在窗台上，喝着酥油茶一起看星星。"

羽书轻声问："看完星星呢？"我说："洗脸。"

羽书说："洗完脸呢？"我说："洗脚。"

羽书问："洗完脚呢？"我说："上龙凤床。"

羽书问："上了床呢？"我没回答，捧过她的脸，吻上了她的唇。

清晨。我是被老曾摇醒的。睁开眼，艰难地坐起来，实在太累了。看左边，羽书不知踪影。看右边，老赖依旧在昏睡。他的脸色还是那样的灰白，在清晨阳光的照耀下，显得凄凉、惨淡。老曾的眼圈也是黑的，这一夜，估计他也是辗转难眠。见我醒来，老曾忧心忡忡地说："羽书去跟医生谈了，医生对老赖的肿瘤没发表啥意见，但初步判断他的胃大面积溃疡，甚至已经开始有出血迹象，这边的医生建议给他作全面检查，羽书建议迅速乘飞机回北京再做检查，你看怎么办？""还能怎么办，听羽书的意见再作决定呗。"

正说着，羽书进来，一脸的平静。我和老曾几乎异口同声："怎么样？"羽书说："买机票，回北京。"

老赖醒来，见我们在收拾东西，房间里站满了这次自驾的队友。这家伙笑了，居然还笑得很灿烂，说："你们这一排站的，很像遗体告别，要不我再躺下配合你们一下。"回头又对我说："猴子，你来致悼词。"

我正翻看他的手机，那上面是空的，秋姐昨晚打过电话后，再没发一个字的短信。听了老赖的话，我转过身，走到床边，很认真地说："老赖同志，男，上世纪50年代末生人。此人一生是极端混蛋的一生。他的死对党和人民没有丝毫损失。"

老赖强撑着，坐起来，接着我的话说："老赖同志的死，对于广大良家妇女同志，是为民除害的利国利民的大好事。"

一个空矿泉水瓶飞过来砸在老赖头上，是一脸怒气的方娟扔的。一个枕头飞过来砸在我的背上，是我身后的羽书扔过来的。方娟骂老赖，用那种东北悍妇特有的泼辣骂法，骂得老赖喜笑颜开，是真心的笑。因为谁都听得出方娟的骂带着关爱和友情。

我用自己公司的平台去订票，老赖制止，说等一天再走。我知道他在等什么，他用手机打给秋姐，那边关机。我知道秋姐应该在飞机上，但我就是不想告诉老赖。

东西收拾好后，从病房出来，到外面透一口气，病房里消毒水的味道让我憋闷不已。穿过主楼和综合楼，来到龙泉街。越过马路，对面是一片小花园，走进去，靠着一棵小树，慢慢坐下。

天气阴沉，灰蒙蒙的。前面是一小片水洼，水面上的点点微光，宛若浮生。

有多少人曾如水一样浮浮沉沉或悄无声息地就渗入地下，无影无踪，不留一丝痕迹。这就是人生，不管你此生轰轰烈烈还是平淡无奇，最终不过是尘归尘，土归土。

正想着，方娟和羽书走过来。方娟说："你订机票吧，回北京好好给他检查一下，他死不了，真的。"我说，我在等，等秋姐的飞机一降落，我就订机票。

下午一点钟，终于等来了秋姐的电话，她的航班刚刚降落。我长舒一口气，立刻电话订了深航晚上六点十分的航班。

秋姐赶到医院，推开病房的门，我幻想的场景没出现。秋姐没有激动地扑到老赖的怀里，老赖见到她也没有激动得热泪盈眶。看来我的电影看得太多了，想的画面都太文艺。

秋姐进病房，先是淡淡地对我和羽书、方娟笑笑，说了句"辛苦了"，活脱脱一副贤惠小媳妇的样子，而后笑眯眯地问老赖："感觉怎么样？"做得很得体，没有大惊小怪、惊慌失措，也没有那种很过分的亲昵。老赖好像预料到了秋姐会来，或者是老曾给他透了底，表现得很冷静。但是，我能看出，两人四目相对时眼里的那团火。

悄悄地，我和方娟、羽书撤出病房。方娟很知趣，借口下楼买水果，走了。靠在走廊尽头的墙上，我们默然不语。

好久，羽书突然问我："回到北京，咱俩暂时会分开一段时间吧。"我说："嗯。"

"那，你会想我吗？"我说："嗯。"

"那，你会每天都给我发个短信吗？"我说："嗯。"

"那，你会对我说什么话？"我说："嗯。"

羽书转过头，瞪着我。

我深呼一口气，想起一句美国电影的台词。于是，我对羽书说：

"我知道，我一定会再见到你，不是此生，就是来世。"

多年后的今天，我一直都在为这句随口而出的话，懊悔不已。

我和羽书陪着老赖和秋姐坐飞机返回北京，其余人由老曾带队驾车返程。

傍晚到达地窝堡机场。飞机晚点四十分钟，理由很简单，航空管制。秋姐去了服务台，不知道在交涉什么。等我们登机后才发现秋姐刚才是去升舱。我们从经济舱升到了头等舱。虽然我是做机票代理的，但坐头等舱还是第一次。老赖躺在座位上，秋姐给他盖上毛毯。

我和羽书相邻而坐，羽书把一条毛毯展开盖在她身上，扯起一部

▼ 离开

分给我盖上。手从毛毯下悄悄伸过来，紧握着我的手。

一路上，只看着旁边的老赖和秋姐不停地窃窃私语。

我和羽书几乎一句话都没说，一副耳机分开，我俩各一只插在耳朵里，听着她MP3里收录的歌。基本都是英文歌，羽书说这是美国乡村民谣。我听不懂，但能感受那欢畅的旋律。而我俩的手一直就没分开，紧握了一路，直到飞机降落。

/是重生，亦是奇迹/

走下飞机，此时的北京正值深秋，天上飘着牛毛细雨，空气阴冷潮湿。

打开手机，意外收到一朋友的短信，询问我最近是否去西藏。这朋友的出现让我喜出望外。这朋友姓曲，是定居在上海的西北人，留美医学博士，目前是上海某三级甲等综合医院的主任医师，好像还担任了行政职务。而做微创手术的国内最好的医生就是这家医院的一位专家。只是这位专家，找的人太多，手术基本都预约到半年以后了。

现在这哥们的短信提醒了我，可以找他帮忙。他酷爱西藏，也是位摄影发烧友，几乎每年都要去西藏拍风光片。他拍的照片还曾被国家地理杂志采用过。看来他是又想去西藏采风。

电话打过去，他气急败坏地吼："你疯了，这都几点了，还让人睡觉不？"

我笑，我管你几点，救命的事顾不了那么多，赶紧把老赖的情况简要地说了一遍。这哥们很疑惑地问："男的？也不是你家亲戚，你

279

至于这么急三火四的？好吧，明天给你消息。"嗯，他能这么说，这事基本就能搞定。我还是挺了解他的性格，凡事不说满话，但一般他答应的就一定能做到。

羽书安排老赖体检，但出乎意料，老赖很坚决地拒绝，理由是女儿在澳大利亚订婚，他必须去。

我去找老赖，他恢复得不错，脸上有了一点血色。不等我开口，他就很坚决地说，所有的检查都要等他从澳大利亚回来再说，女儿的订婚仪式他必须参加。我说："赞同，我是来要你护照，帮你订机票的。南航新开通的广州到澳洲的航线，推广价三千三往返。"老赖的脸上露出了欣慰的笑容。因为他是公检法的人，也因为他的职务，他出国有些麻烦，需要先申请。十天后，我和秋姐送老赖去广州。

广州机场，老赖即将进入安检通道。我和秋姐站在黄线外目送他。就在老赖即将走进安检通道时，他回过身，冲着我挥挥手，又冲秋姐挥了挥手机。老赖转身，他的身影消失在安检通道的那一头。这边，秋姐捂着脸哭出了声。

回程时我本想在北京转机去探望羽书，但羽书去了武汉参加学术研讨会。我只好悻悻地返回东北。

难说自己是成熟了还是老得已经缺乏了追寻的激情。年轻一些，哪怕只年轻五岁，以我的性格会义无反顾追到武汉去。其实无所谓成熟，和年少时的激情和轻狂相比，我觉得我现在的激情少了许多，经过社会这些年的熏染，自己已经千疮百孔。飞机上，塞上耳机，沉醉在音乐的世界里。将引擎的轰鸣和乘客的嘈杂都摒弃在音乐之外。那些熟悉的旋律很容易让人浮想联翩。间或，一些本该属于记忆里一些零落的片断散乱地浮现，那些破碎的记忆似乎总也不能拼凑完整。闭上眼，不自觉地想起了羽书。奇怪，我明明很清晰地记得她的样子，可是闭上眼睛，她的身影和脸庞都变得模糊起来。但她嘴唇的温度，我却能清晰地记起。

回到家，生活又走上了惯常的轨迹。我很忙，又不知道忙的是啥。羽书很忙，但她忙得充实。即使再忙，我俩每天都会几十条短信的互发。通常，羽书的短信开头是这样的："猴子，想我没？我刚下手术台，此时正在上厕所，忙里偷闲给你发信息。"我回短信："猴子很想你，想你做手术时的庄严样子，和你坐在马桶上的此时的神态。"羽书这时都会打个电话过来，说一句："缺德的死猴子，我爱你！"

这样忙碌又充实的日子里，时间过得会很快。转眼，老赖回来了。我去机场接他，从机场的通道里走出来的，是老赖和秋姐。

秋姐去广州接的老赖，看到两人半拥着走出来，我挺钦佩秋姐对老赖的用情。老赖回来后休息了两天，我陪他去复查，准备做微创手术。同去的还有老赖的同居女友。老赖的结发妻子早就病逝，这个女人和老赖生活了十几年，但并未正式登记结婚。复查就在沈阳的医院，因为老赖坚持请他熟悉的医生做复查。那天，老赖进病房。门外守着至少二十多人，都是他的哥们。

我去走廊尽头的厕所，秋姐穿着薄羽绒服，戴着口罩和墨镜。她一个人，孤独固执地站在走廊的尽头，靠在墙上，远远地盯着病房那边。见我过来，她也走过来，对我说："等你赖哥出来，我希望你能第一时间把检查结果告诉我。"

我点头，算是承诺。

接近中午，老赖疲惫不堪地走出病房，所有人一下子围上去。

老赖摇摇头，嗓音更加沙哑："医生没给结果，也不让走，说一会儿还要检查。"能看出老赖很茫然，也很忐忑。虽然知道结果八成是个噩耗，但没有人不期盼奇迹。一大帮朋友围过来，七嘴八舌地询问老赖的复查情况。其实，看情形就知道老赖也是懵的。

我过去拉过老赖的女友和她一起去找医生。门诊室里几个医生正看片子，讨论着什么。

见我和老赖的女友进来，其中一个年龄比较大的老医生走过来，对我们说："复检的结果比较复杂，有些情况目前不好确定，让病人暂时休息一下，下午需要重新复查。"心猛地一疼，我的感觉特别不好，但我又知道这时候怎么都问不出结果。忐忑地走出来，分开围着老赖的那些人，我说："大哥，你休息一下，下午还要检查，医生只许你喝点水，不让吃东西，忍忍吧。"老赖一脸的愤怒，说："上午下胃镜，差点折腾死我，我现在饿得难受，是死是活都得让我吃点饭吧，死囚还有断头酒呢。"

老赖的女友走过来，笑得很勉强，看得出她心里的紧张。她对老赖说："忍忍吧，一会儿医生吃完午饭就给你做检查，你就别任性了。"

我抬起头，突然从人缝中看到了秋姐的身影。分开人群我远远地看到秋姐领着一个人，拎着几个食品袋，正往医生办公室走。我跟过去，站在门口。原来秋姐给医生买了午饭。见到我，秋姐递给我一个食品袋，说："里面有杯热牛奶，是给你大哥的，汉堡是给你和她的，都吃一点吧。"我接过食品袋，没说什么，转身出来。我能说什么，这时候说什么都是多余的。以秋姐的精明，她肯定早一步就来找医生询问过上午复查的情况。

把热牛奶递到老赖手里，冲他挤一下眼作暗示。又把汉堡递给老赖的女友，说："嫂子，你也吃一口吧，还有一下午要熬呢。"嫂子也是聪明人，看到我递过来的汉堡，"哎呀"了一声，说："赶快，你张罗带大伙去门口的饭店吃点饭，别都在这儿守着了。"说完，从包里掏出一叠钱递给我。老赖哑着嗓子对她说："还是你带大伙去吃饭吧，让他在这儿陪我一会儿。"

嫂子带着所有人都走了，只留下我还有老赖的司机。那小伙子红着眼睛，死活不去吃饭。我把两个汉堡递给他，小伙子接过来就坐在老赖的身边，狼吞虎咽地吃起来。

老赖叹息一声，把热牛奶递给我说："嗓子疼，胃也难受，不想喝。"

身侧，一个女人的声音柔柔的，说："越是难受，越要喝，别任性了。"是秋姐。女人的温柔是最好的良药。老赖转过身，脸上的褶子都带着笑，看着秋姐，说："我要知道是你给我带来的牛奶，我早就喝了。"

我"哼"了一声，站起来拉着老赖的司机走了。就算是历经沧桑的刚强男人，也有被温柔淹没到心甘情愿时。

下午的复检从十二点多开始。医生几乎没休息，只是简单地吃了点东西。紧张的气氛让所有人都感受到了压抑和恐惧。几个大老爷们在诊室外不停地转悠。嫂子劝大家回去，可没有一个人离开。非但没人离开，前来探视的人还在不断地增加。

走廊里已经聚集了快三十个人，但没有喧闹和嘈杂。因为所有人都神情严峻，焦急，几乎没有人说话。大约两个多小时后，诊室门开了。老赖被护士扶着，疲惫不堪地走出来。

身后有几个医生走出来，虽然也都一脸疲惫，但神情却是兴奋的。一位上了点年纪的医生走到老赖和嫂子面前，他是这家医院的副院长，语带兴奋地说："经过细致全面的胃镜检查，并与上次的检查结果反复比对，发现病人的胃溃疡虽然非常严重，但溃疡的形态与上次胃镜下的形态有明显不同。上次胃镜中的溃疡病灶大，形状不规则，底部不平整，溃疡周围胃壁强直，病理诊断为明确的溃疡型胃癌。而这次胃镜检查却发现，溃疡面明显缩小了，形态也变成了规则的椭圆形，溃疡底部变光滑了，周围胃壁变柔软了。这是个让人激动的迹象。"

我这才注意到，老赖的表情极其复杂。我能从他的脸上读出茫然和激动，甚至心有余悸。对着还在滔滔不绝的副院长，我很急切地问他："麻烦您，请您别普及病理知识，您只要告诉我结果，我们都迫切地想要结果。"副院长说："结果简单地说，就是原本很典型的溃疡型胃癌居然转变为单纯的胃溃疡，也就是恶性病变转变为良性病

284

变，胃镜下找不到明确的癌性病变。这种情况极其罕见，也让我们这些有多年胃镜检查经验的医生迷惑，但病灶形态的改善是没有疑问的，当然最后确诊还需要十天后的病理诊断。"

老曾一把抓住医生的手，问："结论就是，他没事了？"老赖的司机愣头愣脑地跟了一句："就是说，我老大死不了了？"

那副院长笑了，说："不能这么说，但的确病人的状况是在往很好的方向发展，今后更要注意调养，因为他的胃溃疡非常严重。今后注意不能喝酒，最好戒烟，不能吃刺激性食物，辣的不能吃，大米饭最好也少吃，多吃面条、馒头等。"

老赖胡乱地点着头，突然站了起来，在医院的走廊里漫无目的地走着，一直往前走。前面电梯出口旁是一面落地窗。老赖居然走到落地窗前都不知觉，直到头"砰"地一声撞在落地窗上，他才摇晃着站住。

靠在窗户上，老赖的脸色煞白。所有的人，这些他的朋友、哥们，都在旁边看着他。老赖懵了，所有人都傻了。

嫂子本来靠着墙站着，这会儿突然一屁股坐到地上，"哇"地一声大哭起来。老曾就站在我身边，眼睛红红的，使劲在我的肩上拍了一下。他没意识到自己用了多大的力气，这一巴掌把我拍了个趔趄。我赶紧过去扶老赖起来。他两眼茫然，嘴里不知道在嘟囔什么，听不清楚。他的司机过来一把将他抱起，使劲地嘶吼了一声。

所有人都冲过来把老赖围住。我闪开。我问医生："会不会最初他的病有误诊？"见医生的脸色变了，我急忙解释："别误会，我没别的意思，就是觉得不踏实，我倒是非常希望当初是误诊的。"副院长严肃地说："诊断恶性肿瘤是一件相当严肃的科学，诊断金标准就是切片病理检查。当初病人的诊断，是用胃镜取病理组织做了化验后得出的诊断，不大可能出现误诊的情况。而且上次胃镜时拍的照片在形态上也是很典型的胃癌表现。"我长出一口气。

老赖正好也走过来，走到这帮医生前，深鞠一躬，说了句："谢谢。"其实这些医生和老赖都很熟，这会儿他们也很激动，一位医生拉着老赖的手，问他："这段时间你接受过什么治疗，或者说吃了什么特殊的东西？"老赖仔细回想了一下，说："特别的东西，海参算吗？有病后我几乎每天早上都喝海参小米粥。哦，对了。我有个台湾的朋友，他送给我的牛樟芝好像就是长在樟树上的灵芝。据我这朋友说，台湾很多癌症病人吃这个抗癌很有效果。我就每天都用这个牛樟芝煲汤喝。我也不知道是不是这个牛樟芝带来的奇迹。"那个副院长说："我觉得还是你的意志力创造了奇迹。有很多癌症病人其实死于恐惧。好吧，不说这些了，赶紧回家休息吧，注意，以后绝不能再喝酒，也忌口吃辛辣的。你的胃溃疡如果不注意，也会让你生不如死。"老赖这会儿就像个刚走进校门的小学生，乖得很。医生的每一句话，他都点头称是。

我突然想起了秋姐，急忙朝着走廊的尽头跑。那里空荡荡的，没有她的身影。我拿出手机，本要打给秋姐，却接到了羽书的电话。羽书刚下手术台就急忙来电话询问。我简要地把情况说了一下，羽书一言不发，手机里传来她轻轻的抽泣声。来不及安慰她，我急忙跑出去找秋姐。跑出医院的大门，一眼看到停车场的角落里方娟站在一辆白色的斯巴鲁前，正跟车里人说话。我走过去看，车里果然坐的是秋姐。她一手拉着方娟的手，头伏在方向盘上，正在痛哭。

见我过来，方娟急忙问我："究竟是怎么回事，秋姐哭得泣不成声，根本说不清楚，急死我了。"我喘了口气，一句话就把事说了个清楚："老赖复检结果非常振奋。"方娟很牛地一甩头，说："我就说他死不了，我早说过吧，他且活着祸害人呢。"我说："你给我也看看呗，看我能活多久？"方娟打量着我，撇着嘴说："你和老赖一丘之貉，你们都是祸害活千年，你也好好活着吧。"

方娟甩开秋姐的手，跑去楼里找老赖。我走过去，却不知怎么安慰秋姐，第一次感觉自己笨嘴拙舌的。倒是秋姐擦了擦眼睛，对我勉强一笑："告诉老赖要好好调养身体，为了他的孩子也该让自己健康点，我走了。"我呆呆地看着她的车开出了停车场，耳边还回响着她最后的那句话："我走了。"这三个字，她好像是刻意加重了语气，我能感觉到她要通过我转述给老赖一种讯息。也许，这一个"走"字，就是一辈子不再回头。

在路边的栏杆下，我呆呆地想着心事。老赖和秋姐，我和羽书。我和老赖是同一类人，但羽书和秋姐却是截然不同的两类人。

秋姐经历得多，见识得多。这是个非常独立，外表柔弱但内心无比刚强冷静的女人。我猜测，也许她的婚姻情感生活遇到过非常大的波折。这种波折致命但也淬炼了她的性格。这个世界上，或许就大多数的女人喜欢被男人呵护，但也总有那么一些女人喜欢呵护男人。

对，秋姐对老赖的情感，最初就是对一个将要离开这个世界的，看似坚强但内心苦涩有挣扎的男人的那种母性般的呵护，他们的感情是基于怜悯。而对老赖来说，这份呵护和爱是他活下去的仙丹。

而羽书是那种外表冷漠、内心软弱的女人。这种女人看似刚强，其实是最需要呵护的。边疆荒漠的环境让她原本就荒漠的心更加枯涸。而这时，给她关爱，给她呵护，就会让她不顾一切。其实，女人需要的不多，就那么一点爱。但这个"一点"是很多女人一辈子都孜孜追求无果的。

正想得发愣，老赖的一帮朋友簇拥着他走出来。走过我的身边，老赖用一个探寻的目光望了我一眼。我也回望他一眼，但我的眼神有点迷茫，因为我也不知道该怎么回答他。后来老赖说，那天的我目光很无奈。

那天晚上，外面下起了这个冬天最大的一场雪。那天晚上，雪虽然很大，但空气清新，外面洁白一片。那天晚上，为老赖庆贺重生的酒宴上，没有老赖，没有嫂子，也没有秋姐。没关系，即使没有主角也没耽误老赖的这些朋友喝个酩酊大醉。

第二天早上，我离开了。

我去了漠河，去参加在漠河举办的耐力极限挑战赛。我是去做一支南方户外队的领队，要在零下三十多度的严寒中玩穿越，寻找那块江边的中国最北的碑。

我在漠河玩了三天，这三天的每晚都跟羽书短信。不知何时，她给我订了个规矩，每晚十一点，她要电话查岗。十一点整，她的电话准时打过来，风雨无阻，雷打不动。

那三天，老赖很安静，既没电话也没短信找我。我想他一定很忙，一定有很多人在请他吃饭。

第四天，我回去，去法院找他。事先没打电话，上午九点我到了他在法院执行庭的办公室。

进门，一愣。老赖坐在办公桌前，一脸的憔悴，满屋的烟味。而且空气中有一股很污浊的气息。凭感觉，老赖这是睡在办公室了。长沙发上堆着两箱子东西，门后他的卷柜里乱糟糟地塞着衣服。见我进来，老赖笑得很勉强。我急忙问："怎么了？"

老赖什么事都不瞒我，况且他也正需要一个可以倾诉的人。很快，我就知道了事情的原委。就在老赖复查的第二天，他女友跟他摊牌，说想回锦西老家伺候年事已高的老娘，说了很多感谢老赖这么多年对她呵护的话。但最后说了句："遇到好的你再找一个吧。"

老赖说，他一直静静地听，没问缘由。

老赖心里很清楚，这一场大病吓坏了这个女人，她要逃离。谁都说不好老赖的病情将来会如何发展，这女人才四十出头，不想被拖累。老赖带着自己的衣服和一些私人用品离开了那个所谓的家。他把房子、钱都留给了这个跟自己生活了十多年的女人。他甚至都没有多余的钱去住酒店，于是他只好住在办公室。

我借着上厕所的由头给秋姐悄悄打了个电话。一个小时后，这个女人匆忙地推开门，出现在老赖面前。秋姐进门，我就往外走。秋姐看着老赖，目不斜视。

我关上门，长出一口气。大哥，我能做的就是把这个女人给你找来。

终篇

我们都是有故事的人

时间：2010年12月
地点：北京

生活似乎回到了平常的轨道。

我依旧每天上班，面对电脑，在电脑上跟我的客户磨叽着。下班后是无法推托的应酬。这样的生活，我称之为复印机的日子，单调重复得让人每天睁开眼睛就陷入绝望。

有苦的日子就会有甜。苦中的甜很吝啬，只有那么一点点。这难得的一点甜对我来说弥足珍贵。

我的这点甜，由固定的时间固定的人送给我。不管多重要的应酬，每晚十一点前，我一定赶回家中，把自己洗漱干净，坐在电脑前等候着。羽书很准时。也难怪，她的生活简单，交际圈更简单到近乎一张白纸。除了同事，我没有听她提起过任何朋友。这样简单的人在现今社会里很难得。但也因为她的圈子简单，我就成为她生活里最重要的那个人。

几乎每晚打开视频都能看到她疲惫的脸上瞬间就露出温柔又欣喜的笑容。

我们的聊天一般都会从老赖和秋姐的八卦开始。八卦是女人天生的嗜好，跟学识、文化、出身背景没关系，越熟的人越有兴趣。从老赖和秋姐的感情会自然地转到我们身上。羽书对一件事乐此不疲，那就是对于未来那个藏式婚礼的各种策划。

每次聊到这个话题，她都是脸颊绯红，双眼放光，神采飞扬。她说："咱们是不是要骑马？穿着藏袍骑着马的婚礼，多浪漫。"我说："不要，咱们骑驴，你穿着花棉袄、抿裆裤，三寸金莲，骑在驴屁股上，我穿着马褂，戴着瓜皮帽，牵着毛驴。"她笑，笑得前仰后合，说："滚吧，你这是土财主纳小妾，你能有点正经的不？"

隔天的晚上，她又突发奇想。她说："咱们要不要在婚礼那天晚上搞个篝火晚会，请扎嘎村里所有的村民，还有那些驴行的人，都来参加。"我说："打死都不要这个篝火晚会，婚礼举行完咱们就入洞房，你我都年龄不小了，耽误了大好的时光，再不抓紧，你都要更年了。"她怒，假装生气："你才更年呢，是不是嫌我老了？"我就笑，笑得很邪。

我很享受和她的交流。

她说："我很是担心，其实你将来不会是个好丈夫，你的性格太跳跃，你会是个好情人，但你不大可能宅在家里做个好丈夫。"我就说："你看，你赚了。我宅在家里时是你的丈夫，我外出漂泊时是你等待约会的情人。多好。"每当这时，她就会柔柔地说："情人，回来吧，我想你了。"我就起身去衣柜中拎出我的行囊，说："等我，马上到。"

我有两次想去看她，但都被她拒绝。

她白天实在太忙又要值门诊，又要带医学院的研究生，还要做手术，每周还有两个半天的专家门诊，晚上下班后都很疲惫。她不愿意让自己的状态影响了我们的约会。

这天早上醒来，外面白雪飘飘，一夜的大雪让窗外成了童话世界。还没等我起床，老赖电话打过来，让我今天去找他，说有事要跟我商量。

好几天没见到老赖，发现他的精神状态出乎意料得好。脸上有了光泽，面上有了血色，笑起来中气十足，走起路来脚下都带着风。看来，爱才是济世的良药。

老赖有个惯例，每年的圣诞夜都要宴请执行庭的所有同事。今年因为特殊，他想邀请所有的朋友，一来感谢大家对他的关心，二来祝贺自己重生。因为他的同事朋友大部分我都认识，他让我帮着张罗这事。看得出来他现在精神状况很好，但是体力还是很差。毕竟大病一场，没那么容易就恢复。我欣然领命，因为羽书肯定会回来参加这场聚会。怎么可能少了她呢？

我欣喜，也期盼。但是，当老赖给羽书打电话时，羽书很焦急。因为她排了圣诞节的值班，而且那天还安排了手术。老赖才不管那些，就一句话，你必须来。

圣诞节那天下了一场缠绵的雪，从早上开始就没停过。很好，这才是圣诞节的气氛。

当华灯亮起，霓虹闪烁的夜晚来临时，路灯下雪花飘零，街边的树上也挂着白霜。这样的夜，让人的心暖暖的。

那一年，这边的高铁还没开通。那时候，北京到这里的车票还很难买。

晚上五点钟，我打羽书的手机，无人接听。打到医院，值班护士告诉我，她还在手术室。不抱希望了。因为我看到老曾披着一身的雪捧着一箱德国啤酒走进来。如果羽书今天能回来，老曾一定会去接她。

我心情有些沮丧。

都市绿洲，算是本市最大的酒店之一，这家酒店在冬季植物枯死的北方，因为室内种植了各种植物花卉而显得春意盎然。老赖把宴会选址在这里。

因为下雪，市内堵车严重，原本预定晚六点开始的宴会直到晚上八点才开始。

老赖的朋友很多，范围也很广。我听到了很多让人忍俊不禁的谈话。有人问，据说是医生在你的癌细胞内注射了酒精，才将你的病治好了？有人问，听说是台湾人送你的牛灵芝让你起死回生的？牛灵芝和牛黄是一样的东西吗？有人问，据说你在西藏得到一高僧的洗礼，还给了你一粒神秘的药丸？

老赖也是哭笑不得，不住地解释说癌症没痊愈，只是情况在朝着好的方向发展，仅此而已，他还是个有今天没明天的癌症患者。可他越这么解释，这些人就更加确信他用了秘方且已经治好了癌症。间或有那么几个人把老赖拉到角落里，哭得一把鼻涕一把泪替自己的亲人求秘方。我见老赖脸色愠怒已经准备发火，就赶紧把他拉到门口让他消消气。

大概晚上快十点钟的时候，老曾突然匆忙跑过来，说："羽书打来电话，她坐飞机赶回来了。但由于下雪，机场刚刚清理出跑道，延误的飞机都在这个时段陆续降落，她在机场打不到车，我得去接她。""我也去。"我不假思索地说。

老曾讥笑我："这么迫不及待呀？我老婆可说了，不领证你休想动她妹妹一根毫毛。你在家帮老赖照顾一下吧，我马上就把小姨子送到你面前。"

看着老赖疲惫的面容，我点点头，嘱咐老曾小心开车。

陪着老赖回到餐厅，我的心却焦躁不安。等人的滋味好难过，时间仿佛停止了一般。我心神不宁，不住地看手表。大约过了四十多分钟，老赖突然接了个电话，脸色大变，拉起我就往外跑。

那晚，羽书等老曾去接她时，一辆出租车停在她面前。车里已经坐了两个人，司机想再拼一个人。羽书心急，就坐了上去。

车走到高速路上时，意外熄火。司机下来鼓捣车。后来司机说，不知道怎么地，羽书就突然打开车门，急急忙忙下了车。后面冲过来一辆车，雪天路滑，那辆车呼啸着，把羽书撞得飞了起来。等老曾赶到时，人已经不行了。

殡仪馆里哀乐阵阵，我蹲在角落里手捧羽书的遗像，第一次感觉到哀乐的曲子很缠绵，其实很适合做婚礼进行曲。

天好冷，冻得人心都是硬的。风好大，流出眼角的泪瞬间就被吹走。我缩紧了身体也缩紧了自己的心。其实我怕别人看出我的脆弱。我捧着羽书的照片，端详着。

她死了，我得到一个永远不会再离开的爱人。我抱着她的遗像告诉她，那个婚礼的承诺永远有效。我不敢去向她的遗体告别，我怕见到那具冰冷的躯体。我努力抬头望向天空，我想寻找那个飘飞的灵魂。记忆中留存着曾被她亲吻的温度，伸手轻触，却是冰冷的雪。曾与我牵过的手，一旦放开，今生便再也无法触及。

痛。那双最想要牵的手，如今是最遥远的距离。

拉下羽绒服的帽子，闭上眼，便是我和她的世界。无声哭泣，不想被人看出脆弱，羽书不喜欢脆弱的男人。眼中流淌的滚烫滑落到脸颊时，已是冰冷坚硬。唇上记忆的滋味，甜已去只留下苦涩的咸。恍惚间听到眼泪滴落的声音，滑过下颌，击中胸腔，依然疼痛。原来，眼泪也是有重量的。

· 后记

和西藏的哥们有个约定。

一定，他带着来自香港的没见过雪的爱人到东北来，到吉林的雾凇下，穿着洁白的婚纱，披着红飘带，拍一张最纯洁的婚纱照。

一定，我和西藏的哥们一起努力，在西藏，在鲁朗，在白马的藏式旅馆，给那些在婚姻的围城里磨砺得淡漠又无奈的小夫妻们，举行个藏式的纪念婚礼。希望这场不一样的纪念婚礼，让有情人度过磨合期，白头到老，举案齐眉。

这个策划从羽书走后，我和哥们就在做，但是因为融资难而暂时没能成形，但我们一直在努力着，我们相信一定能办成一场美丽的婚礼。

7-23，我带的那个暑假团队，在鲁朗时我第一次喝酒，触景生我喝得不省人事，据说还痛哭不已。第二天，在车上，我给团友讲了这个婚礼的由来。那天我带着墨镜，很黑的那副墨镜，我怕他们看到我湿红的眼睛。但是，车里几个大老爷们听完后都在流泪。

中午，一哥们在饭后突然搂住我，说："猴哥，好好活着，羽书在天之灵看着你呢。"那哥们流着泪，我却淡然了。拍拍他的肩膀，我只说了句："谢谢你，我们都好好活着。"

9月7日，8-25团队顺利结束。所有人都带着对西藏的眷恋，开心地离开拉萨。我独自一人坐火车穿越青藏线，返回内地。

看着车窗外荒芜的羌塘大草原，想起8-25团队一姐们说我的话。她说："每天见你在团里耍活宝，逗大家开心，但我从来就没看到你的眼睛笑过。"我说："那是因为我的心，就没笑过。"

那天，窗外秋雨淅沥，遍地金黄。那样的天气是羽书最喜欢的。她曾要求我，秋雨时节陪她去呼伦贝尔大草原，踏着落叶去散步。如今我一人，坐在周围都是陌生人的火车上，思念起羽书。

于是，在微信里，信手写下一段随笔：

如果，我老了。我会选一个面朝大海的小渔村。那里没有机场，没有车站，亦没有公路。

清晨我坐在家门前，对着朝霞漫天，手数佛珠默默思念。

我不信佛，但我相信那一百零八颗佛珠，代表了人世间的一千零八十个烦恼，可是，这一千零八十个烦恼，抵不上我回忆起你时的如果，我老了，在那个偏远的小渔村。

中午，我独坐在老槐树下。远处的海面波光粼粼，几只海鸥翩然飞过。

我不喜欢海鸥，它们太过自大、傲慢，总觉得天地之间它们最自由。这很像我那些年的性格，自由翱翔时总不知道天有多高地有多大。直到遍体鳞伤一无所有时，才明白天地之间最值得拥有的，是爱。

如果，我老了，在那偏远的小渔村。

傍晚，我拄着拐，那是我年轻时的登山杖。如今，它依然结实、锋利，而我已风烛残年。

在小村口的山坡上，我对着夕阳西下，挥起手杖敲碎余晖。那碎片散落，是我一生回忆的残片累累。

我能忆起你的吻，也能把起你的眸，我能记起你的笑，却想不起你走近我时的样子。

于是，我站在村口，举目远眺，远眺，远眺。

直到我化成一抔泥土。

那个小渔村，是个约定，来自前世。